Treinta días de romance

CATHERINE MANN

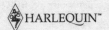
HARLEQUIN™

Editado por HARLEQUIN IBÉRICA, S.A.
Núñez de Balboa, 56
28001 Madrid

I.S.B.N.: 978-84-9000-020-5
Depósito legal: B-11169-2011
Editor responsable: Luis Pugni
Preimpresión y fotomecánica: M.T. Color & Diseño, S.L.
C/ Colquide, 6 portal 2 - 3º H. 28230 Las Rozas (Madrid)
Impresión en Black print CPI (Barcelona)
Fecha impresion para Argentina: 7.11.11
Distribuidor exclusivo para España: LOGISTA
Distribuidor para México: CODIPLYRSA
Distribuidores para Argentina: interior, BERTRAN, S.A.C. Vélez
Sársfield, 1950. Cap. Fed./ Buenos Aires y Gran Buenos Aires,
VACCARO SÁNCHEZ y Cía, S.A.
Distribuidor para Chile: DISTRIBUIDORA ALFA, S.A.

Capítulo Uno

Pescar a un príncipe no era tarea fácil. Pero pescar a un esquivo Medina de Moncastel era casi imposible.

Nerviosa, la fotógrafa Kate Harper se movía con cuidado por la cornisa del tercer piso, en dirección a las habitaciones del príncipe Duarte Medina de Moncastel.

El exterior de su mansión en Martha's Vineyard ofrecía poca sujeción y menos en la oscuridad, pero ella no era de las que se rendían fácilmente.

Pasara lo que pasara, le haría una fotografía; el futuro de su hermana estaba en juego.

El viento la golpeaba con fuerza, sacudiendo su falso vestido de Dolce & Gabanna. Se había quitado los zapatos antes de subir a la cornisa y, afortunadamente, no estaba lloviendo, pero aquello no era nada fácil.

Conseguir la invitación para acudir a una boda en el lujoso hotel-residencia de Duarte Medina de Moncastel tampoco había sido fácil, pero la obtuvo gracias a una chica de la alta sociedad a quien había prometido una reseña en *Global Intruder*. Una vez allí, era cosa suya librarse de los hombres de seguridad, localizar al príncipe y hacer la fotografía.

Y, en su opinión, aquélla era la mejor manera de llegar a su suite. Una pena haber tenido que dejar el abrigo y los guantes en la puerta porque hacía un frío terrible.

Había transformado un par de cámaras de botón en lo que parecían unos pendientes de oro y esmeraldas y el peso de las mini-cámaras estaba a punto de arrancarle los lóbulos de las orejas, pero siguió adelante con paso más o menos firme.

La luz del faro rompió la espesa niebla, su sirena ahogando temporalmente el ruido de la gente que celebraba la boda del hijo de un magnate en el salón del primer piso.

Kate se agarró a la barandilla para saltar al balcón y, haciendo un esfuerzo, pasó una pierna por encima…

Una mano la sujetó entonces. Una mano masculina.

Kate dejó escapar un grito cuando otra mano la agarró por el tobillo, quemando su helada piel por encima de la pulserita que le había hecho su hermana como amuleto.

Hizo un esfuerzo para recuperar el equilibrio, pero chocó contra un muro…

No, un momento, los muros no tenían vello ni músculos definidos.

Claramente, lo que tenía delante era un torso masculino, a un centímetro de su cara. El hombre llevaba una camisa o batín negro abierto, mostrando una piel morena y una suave capa de vello oscuro. ¿Qué llevaba, una especie de uniforme de kárate?

¿Los Medina de Moncastel contrataban ninjas para protegerlos, como en las películas?

Kate levantó la cabeza para encontrarse con la fuerte columna de su cuello y con una barbilla cuadrada que necesitaba un afeitado. Y después se encontró con los ojos negros que había querido fotografiar.

–No es usted un ninja –murmuró.

–Y usted no es una acróbata –el príncipe Duarte Medina de Moncastel no estaba sonriendo.

–No, me echaron de la clase de gimnasia en sexto.

Aquélla era la conversación más extraña del mundo, pero al menos no la había tirado por la barandilla. Aún.

Claro que tampoco la había soltado y el roce de su mano, tan grande, tan masculina, despertaba un sorprendente escalofrío en su espina dorsal.

Duarte miró sus pies descalzos.

–¿La echaron por caerse de la barra de equilibrio?

–No, porque le rompí la nariz a otro niño.

En realidad, le había puesto la zancadilla cuando llamó «idiota» a su hermana.

Kate tocó sus pendientes, nerviosa. Tenía que hacer la fotografía y marcharse de allí. Aquélla era una oportunidad tan única como un diamante rojo.

La casa real Medina de Moncastel había desaparecido del mapa veintisiete años antes, cuando el rey fue depuesto tras un golpe de Estado en el que murió su esposa, y durante décadas había habido rumores sobre su paradero. Durante mucho tiempo se dijo que Enrique Medina de Moncastel vivía con sus tres hijos en una fortaleza en Argentina, pero como nunca habían vuelto a aparecer en público la gente dejó de interesarse por el asunto... hasta que ella sintió el gusanillo de investigar al hombre que aparecía en una fotografía que le había hecho a la mujer de un senador.

Y ese gusanillo dio lugar a una noticia bomba: los príncipes Medina de Moncastel vivían en Estados Unidos.

Pero eso no había sido suficiente. El cheque que le habían dado por la historia no había conseguido solucionar sus problemas económicos y la única posibilidad de conseguir otro era localizar al príncipe Duarte y hacerle una fotografía que no dejase lugar a dudas.

El problema era que montones de paparazzi de todo el mundo estaban buscando lo mismo.

Y, sin embargo, ella había conseguido ser la primera porque Duarte Medina de Moncastel estaba allí, delante de su cara. En carne y hueso. Y era mucho más guapo en persona. Tanto que se mareó un poco y no era debido al vértigo.

–Se está convirtiendo en un bloque de hielo –dijo mientras la tomaba en brazos. Tenía un ligero acento y una voz perfecta para hacer anuncios. Esa voz convencería a cualquier mujer para que comprase cualquier cosa–. Tiene que entrar en calor o acabará desmayándose.

¿Y qué haría si se desmayara, llamar a seguridad? El ángulo que tenía en aquel momento con

6

las mini-cámaras no era perfecto, pero esperaba conseguir alguna buena foto mientras la tenía en brazos.

–Gracias por salvarme…

¿Debería llamarle Alteza o príncipe Duarte?

Había pensado que se limitaría a hacer un par de fotografías desde el balcón, de modo que no se le había ocurrido repasar el protocolo antes de ir a Martha's Vineyard. Pero allí estaba, en brazos del príncipe, que la llevaba a su dormitorio.

Ahora que lo tenía tan cerca resultaba innegable que era un príncipe, pensó. La casa real Medina de Moncastel era originaria de una pequeña isla, San Rinaldo, en la costa española, y su ascendencia mediterránea era tan evidente como su arrogancia.

Cuando la dejó en el suelo, Kate hundió los pies en una espesa alfombra. La habitación era muy elegante, desde los sofás blancos al armario antiguo de caoba o la enorme cama con dosel, los postes tan gruesos como troncos de árboles.

¿Una cama? Kate tragó saliva.

Duarte sonrió.

–Ramón se ha superado esta vez.

–¿Ramón? –repitió ella. El nombre de su editor era Harold–. No sé a qué se refiere.

–El padre del novio tiene fama de conseguir las mejores acompañantes para sus socios, pero usted es lo más original que he visto nunca.

–¿Acompañantes? –repitió ella.

No podía querer decir lo que Kate intuía que quería decir.

7

–Imagino que le habrá pagado bien, dada su teatral entrada –dijo él, sonriendo con desdén.

Acompañante pagada. Ah, demonios. El príncipe creía que era una prostituta de lujo. Bueno, esperaba que fuese de lujo al menos. No iba a llegar tan lejos por su hermana, pero tal vez podría encontrar otro enfoque para su artículo si se quedaba allí un rato.

Kate puso una mano en su hombro. No pensaba tocar su torso desnudo.

–¿Cuántas veces le han ofrecido un regalo tan generoso?

Los ojos oscuros se deslizaron por el vestido, sus pechos a punto de salirse por el maldito escote.

–Nunca me han interesado los… ¿cómo debemos llamarlos, servicios pagados?

Una buena periodista preguntaría.

–¿Ni siquiera una vez?

–Nunca –el tono de Duarte Medina de Moncastel no dejaba lugar a las dudas.

–Ah, claro.

–Pero soy un caballero y, como tal, no puedo volver a dejarla en el balcón. Quédese aquí mientras hablo con seguridad para que la dejen salir. ¿Le apetece una copa?

A Kate se le hizo un nudo en el estómago. ¿Por qué estaba tan nerviosa? Al fin y al cabo, hacerle una fotografía a Duarte Medina de Moncastel sólo era un trabajo. Un trabajo que estaba entrenada para hacer, además. Aunque ella había sido siempre fotoperiodista. Hasta unos meses atrás, su trabajo consistía en fotografiar una peregrinación a

Jerusalén o el resultado de un terremoto en Indonesia.

Pero ahora trabajaba para *Global Intruder*, una revista de cotilleos.

Kate tuvo que contener una carcajada histérica. Qué bajo había caído. ¿Pero qué otra cosa podía hacer con la industria periodística en crisis?

Sí, estaba nerviosa, desde luego. Aquella foto era algo más que un trabajo. Necesitaba dinero para mantener a su hermana en la carísima residencia para personas con necesidades especiales en la que vivía. Jennifer tenía el cuerpo de una adulta, pero el cerebro de una niña y no quería que tuviese que depender del Estado.

Una pena que ella estuviera a punto de ser desahuciada de su apartamento.

La mano del príncipe se deslizó por su espalda y Kate sintió un escalofrío.

Pero si quería conseguir la información que necesitaba tenía que calmarse.

–¿Hay un cuarto de baño para que pueda arreglarme un poco? Cuando salga de la suite no debería parecer que he entrado por el balcón.

–Sí, por aquí.

Kate había mantenido la calma durante un ataque con morteros y podría mantenerle en aquella situación, se dijo.

–No hace falta que me acompañe. Tengo buen sentido de la orientación.

–Seguro que hace muchas cosas bien –dijo él, inclinando un poco la cabeza–. Puede que nunca me hayan interesado este tipo de ofertas, pero debo confesar que hay algo cautivador en usted, señorita Harper.

Oh, cielos.

Sus labios estaban tan cerca que con moverse un centímetro estaría besándola. Kate clavó los pies en el suelo para mantener el equilibrio.

–El cuarto de baño… –murmuró, mirando frenéticamente alrededor. Las paredes estaban forradas de madera y había muchas puertas, todas cerradas.

–Por aquí –repitió él, tomándola del brazo.

–Prefiero ir sola.

–No queremos que se pierda –le dijo Duarte al oído, como si estuvieran compartiendo un secreto–. Por esa puerta, señorita Harper –añadió entonces, quitándole los pendientes con expresión burlona.

Duarte había estado esperando aquel momento desde que supo quién era la fotógrafa que había destruido la tranquilidad de su familia. Había sido alertado de que podría estar en la casa y tenía en las manos los pendientes de Kate Harper, junto con sus esperanzas de conseguir una exclusiva.

Duarte llevaba toda su vida evitando a la prensa y conocía bien los trucos de los fotógrafos. Su padre les había inculcado desde pequeños que su seguridad dependía del anonimato. Habían sido protegidos, educados y, sobre todo, entrenados para ello.

Pero al ver a tan bella intrusa en la pantalla decidió comprobar hasta dónde estaba dispuesta a llegar.

Con aquel vestido largo de satén, era el paradigma de la seducción, tan atractiva que despertaba sus instintos más primarios. Sería maravillosa en la cama, pensó.

Pero él era un hombre sereno, acostumbrado a llevar el mando, y sólo con recordar a qué se dedicaba se ponía enfermo.

Kate Harper se puso en jarras.

–¿Sabe quién soy?

–Desde el momento que salió del salón en el que se celebra la boda.

Había hecho investigar a la fotógrafa que firmaba el artículo sobre el paradero de su familia, pero las fotografías no le hacían justicia. De hecho, parecía otra persona. Aquella chica de pantalón caqui y camisetas blancas, sin maquillaje, el pelo castaño sujeto en una sencilla coleta, no se parecía nada a la mujer que tenía delante.

–¿Entonces por qué ha fingido creer que era una acompañante de lujo?

–Eso sería mejor que publicar basura como hace usted –contestó Duarte.

La vida de su familia estaba en peligro cuando su padre necesitaba más tranquilidad que nunca. El estrés podría matarlo más rápido que un asesino enviado por los gobernantes de San Rinaldo.

–Ah, ya veo –Kate se cruzó de brazos–. ¿Y qué piensa hacer, llamar a seguridad o la policía?

–Debo admitir que no me importaría pasar un rato con usted –Duarte cerró la puerta del balcón.

11

–Oiga, Alteza… o como sea, vamos a calmarnos un poco.

Él levantó una ceja.

–Yo estoy perfectamente calmado.

–Bueno, pues entonces me calmaré yo. La cuestión es que usted no quiere que los fotógrafos invadan su vida, ¿no? Entonces, ¿por qué no posa para unas fotografías? Podemos hacerlas como quiera, usted dirigirá la sesión.

–¿Esto es un juego para usted? –le espetó Duarte entonces–. Porque le aseguro que para mí no lo es. Estamos hablando no sólo de la privacidad de mi familia, sino de su seguridad.

Las familias reales, incluso las que ya no tenían trono, nunca estaban a salvo de amenazas. Su madre había muerto durante el golpe de Estado y su hermano mayor había resultado herido cuando intentaba salvarla. Como resultado, su padre se había vuelto un obseso de la seguridad. Había construido una impenetrable fortaleza en una isla en la costa de St. Augustine, en Florida, donde había criado a sus tres hijos y sólo cuando se hicieron adultos pudieron marcharse de allí. Cada uno eligió una zona diferente de Estados Unidos y, siendo discretos, habían vivido vidas más o menos normales hasta ese momento. Él en Martha's Vineyard, Antonio en la bahía Galveston y Carlos en Tacoma.

–Siento mucho lo que le pasó a su familia –dijo Kate–. Sé que perdió a su madre durante el golpe de Estado.

–¿Lo siente de verdad o lo dice por decir?

La periodista clavó en él sus ojos azules, tan azules como las aguas de San Rinaldo. Estaba claro que no iba a echarse atrás.

—¿Qué tal una fotografía suya con ese traje de ninja?

—¿Qué tal una foto suya, desnuda, entre mis brazos?

Kate hizo una mueca.

—Es usted un arrogante y un presuntuoso…

—Soy un príncipe –la interrumpió él–. Y ahora todo el mundo lo sabe gracias a usted y a su falta de escrúpulos.

—Entiendo que esté enfadado, de verdad –Kate se colocó detrás del sofá para poner una barrera entre los dos–. Pero por muchos privilegios que tenga por pertenecer a una familia real no puede tomarse ciertas libertades.

Duarte se había ido de la fortaleza de Florida con una maleta y nada más. Aunque no pensaba contárselo a aquella chica.

—Uno tiene que intentarlo.

—¿Por qué me ha dejado entrar? ¿Quería divertirse viéndome sudar mientras tiraba mi cámara por el inodoro?

Kate Harper era una mujer con carácter, debía reconocer.

¿Hasta dónde llegaría para conseguir una fotografía?, se preguntó.

Pero enseguida sacudió la cabeza. La identidad de su familia había sido descubierta, algo que estaba angustiando profundamente a su padre, y sin embargo él no dejaba de pensar en la suave piel de Kate Harper…

–Debería irse ahora mismo. Vaya por la puerta de atrás, el guardia del pasillo la acompañará.

–No va a devolverme la cámara, ¿verdad? Es muy cara.

–No –contestó él, jugando con los pendientes que había guardado en el bolsillo–. Aunque puede intentar quitármelos.

–Prefiero batallas que tengo alguna posibilidad de ganar –Kate esbozó una sonrisa–. ¿Me da al menos un recuerdo que pueda vender en e-Bay?

Duarte tuvo que sonreír.

–Es usted divertida. Eso me gusta.

–Devuélvame los pendientes y le contaré un montón de chistes.

¿Quién era aquella chica con una pulserita en el tobillo hecha de lana y bolitas blancas de plástico? La mayoría se habrían puesto histéricas o habrían intentado congraciarse con él, pero ella…

Tal vez era más lista que las demás, pensó. A pesar de su dudosa profesión.

Pero aquella mujer le había costado más de lo que ella podía imaginar.

Entonces se le ocurrió una posibilidad terrible: ¿y si las mini-cámaras enviaban las fotografías inmediatamente a un portal de Internet?

Fotografías de ellos dos juntos.

Duarte movió los pendientes entre los dedos mientras trazaba un plan para conseguir lo que quería: vengarse de Kate Harper y… tenerla en su cama.

–Señorita Harper, me gustaría hacerle una proposición.

–¿Una proposición? –Kate dio un paso atrás y, al hacerlo, chocó contra una mesita–. Creí que ya había dejado claro que hasta yo tengo mis límites.

–Una pena para los dos. Podría haber sido… –Duarte dio un paso adelante, pensando que no tenía sentido torturarla–. No es ese tipo de proposición, no se preocupe. No tengo que intercambiar dinero o exclusivas para conseguir sexo.

Ella lo miró, recelosa.

–¿Entonces de qué tipo de proposición estamos hablando?

–Me encuentro en una situación familiar difícil gracias a usted. Mi padre está enfermo y ahora, gracias a sus dotes de investigadora, lo sabe todo el mundo.

Ella hizo una mueca.

–Lo siento mucho, de verdad. Pero sobre esa proposición…

–Mi padre quiere que siente la cabeza, que me case y tenga un heredero. Incluso ha elegido una mujer para mí…

–¿Está prometido?

–Veo que no pierde una oportunidad de buscar información. Pero no, no estoy prometido –respondió Duarte, irritado–. Y si no quiere enfadarme, no siga por ahí.

–Lo siento, otra vez. Pero no me ha dicho en qué consistiría la proposición.

A juzgar por su expresión no tendría que esforzarse demasiado para tenerla en su cama, pero necesitaba tiempo para tranquilizar a su padre sobre el asunto del heredero.

–Como he dicho, mi padre está enfermo –siguió. De hecho, al borde de la muerte debido a una hepatitis que contrajo cuando huían de San Rinaldo y que había debilitado su hígado. Los médicos temían que le fallase en cualquier momento–. Y, evidentemente, no quiero disgustarlo ahora que se encuentra tan mal.

–No, claro que no. Lo entiendo –dijo ella, con expresión comprensiva–. La familia es lo más importante.

–Yo tengo algo que usted quiere y usted puede darme algo a cambio –Duarte tomó su mano para rozarla con los labios. Y, a juzgar por cómo se dilataban sus pupilas, la venganza sería un placer par los dos–. Le ha hecho mucho daño a mi familia con sus fotos, destruyendo un anonimato que había costado mucho conseguir. Ahora, vamos a discutir cómo va a pagarme esa deuda, señorita Harper.

Capítulo Dos

–Pagar la deuda –repitió Kate, incrédula–. ¿Quiere que trabaje para usted?

–Quiero que sea mi prometida.

–¿Cómo dice?

–Ya me ha oído. Y lo digo completamente en serio. En caso de que no se haya dado cuenta, no suelo bromear.

Kate no sabía qué pensar. Por el momento, él tenía todas las cartas en la mano, incluyendo las mini-cámaras.

Y cualquier intento de salvar su artículo sería jugar con fuego.

–Pues para sugerir algo tan absurdo debe tener mucho sentido del humor. ¿Qué conseguiría con eso?

–¿No crees que deberíamos tutearnos? –sugirió Duarte entonces.

Kate se encogió de hombros.

–Como quiera… como quieras.

–Si mi padre creyera que tengo una relación contigo –empezó a decir él, pasando los nudillos por su brazo– dejaría de presionarme para que me casara con la hija de uno de sus amigos de San Rinaldo.

–¿Y por qué me has elegido precisamente a mí? –Kate apartó su mano con una despreocupación que no sentía–. Imagino que muchas mujeres estarían encantadas de hacerse pasar por tu prometida.

Él se apoyó en el respaldo del sofá, sus musculosas piernas destacadas por el pantalón de seda.

–Muchas mujeres querrían ser mi prometida, es cierto, pero luego querrían pasar por el altar.

–Qué pena que tengas un problema de autoestima tan grande –bromeó Kate.

–Yo sé que mi cuenta corriente es un incentivo muy interesante. Pero contigo, los dos sabemos dónde estamos.

Sí, claro que lo sabían. Y también eran evidentes las diferencias que había entre ellos. Los cuadros que colgaban de las paredes no habían sido comprados en un rastrillo, por ejemplo. Kate reconoció un cuadro del maestro español Sorolla de sus clases de Arte en la universidad.

–¿Y tu padre no se preguntaría por qué no había oído hablar nunca de mí?

–La mía no es una familia normal. No nos vemos a menudo… puedes decir eso en tus artículos si te parece. Una vez que hayamos terminado.

Artículos. En plural. ¿Pero podría escribirlos a tiempo para que no echaran a su hermana de la residencia?

–¿Cuánto tiempo duraría esa farsa?

–Mi padre me ha pedido un mes para que me encargue de sus negocios mientras él está enfermo, así que podrías acompañarme y tomar notas para tu exclusiva. Tendré que viajar por todo el país, incluyendo una parada en Washington para acudir a una cena con ciertos políticos que podrían poner tu nombre en el mapa. Y, por supuesto, conocerás a mi familia. Eso sí, yo tendría que aprobar tus artículos antes de que fueran publicados.

¿Treinta días?

Kate hizo un rápido cálculo mental… si se apretaba el cinturón podría aguantar hasta entonces. Claro que cualquier otro paparazzi podría adelantarse…

–La historia podría haberse enfriado para entonces. O podrían robármela. Necesito cierta seguridad.

Sonaba como si sólo le interesase el dinero… aunque así era. ¿Por qué los hombres conseguían «contratos fabulosos», pero cuando se trataba de una mujer la vara de medir era diferente? Ella tenía que cuidar de su hermana, además.

Duarte la miró, burlón.

–¿Quieres negociar? Es muy arriesgado por tu parte.

–Detenme entonces, te enviaré un artículo desde mi celda –replicó Kate–. Describiré el interior de esta suite, junto con algunos detalles como la colonia que usas y ese lunar que tienes sobre el ombligo. La gente sacará sus propias conclusiones y te aseguro que sacarán muchas.

–¿Piensas insinuar que hemos tenido una aventura? ¿Estás dispuesta a comprometer tu integridad profesional?

¿Por su hermana? No tenía más remedio.

–Trabajo para *Global Intruder*. Evidentemente, la integridad periodística no es una prioridad.

Duarte se encogió de hombros.

–Habrá una boda familiar a finales de mes en la finca de mi padre. Si haces el papel de mi prometida durante los próximos treinta días conseguirás fotos exclusivas. Imagino que pagarán bastante dinero por esas fotos.

¿La boda de un Medina de Moncastel? Pagarían una fortuna.

–¿Y lo único que debo hacer es fingir que soy tu prometida?

Parecía demasiado bueno para ser verdad.

–Por supuesto, sería una farsa. No quiero que seas mi prometida de verdad.

–¿De verdad me llevarías a la finca de tu padre?

–Ah, ya veo el símbolo del dólar en tus preciosos ojos.

–Sí, bueno, todo el mundo tiene que pagar facturas... bueno, todo el mundo salvo los Medina de Moncastel.

Un momento, ¿había dicho que tenía unos ojos preciosos?

–¿Qué periodista en su sano juicio diría que no? Pero tiene que haber una trampa, seguro. No entiendo que alguien que lleva más de veinte años intentando librarse de la prensa de repente quiera un periodista en su círculo íntimo.

–Digamos que estoy intentando controlar los daños. Mejor conocer la identidad de la serpiente que estar siempre preguntándose. Además, contaría con tu encantadora presencia durante cuatro semanas.

Kate tuvo entonces una fea sospecha.

–No pienso acostarme contigo para conseguir esa exclusiva.

Sin darse cuenta miró la cama y, de repente, su cerebro creó una imagen de los dos revolcándose por las sábanas, su ropa tirada en el suelo…

–Estás obsesionada con acostarte conmigo –bromeó Duarte–. Primero crees que te había tomado por una prostituta, luego que quiero intercambiar mi historia por un revolcón… No estoy tan necesitado.

Ella parpadeó varias veces para borrar de su mente la absurda fantasía erótica.

–Es que me parece tan… raro.

–Mi vida no es precisamente normal –dijo él.

–¿Y debería aceptar lo que me ofreces así, por las buenas?

–Es un mes de tu vida. Sólo tendrás que fingir que eres la prometida de un príncipe, no creo que sea tan difícil. Mi familia tiene muchos contactos y conocerás a gente muy influyente.

Desde luego, aquel hombre sabía cómo tentar a una chica. En todos los sentidos.

–Si no vamos a acostarnos juntos, ¿qué sacarías tú con esto?

–Ya te lo he dicho, que mi padre dejara de preocuparse por mi futuro mientras yo recupero el control de mi vida…

–Pero yo voy a publicar fotos –le recordó Kate–. Fotos que verá todo el mundo.

–Yo controlaría las cámaras. Tú no podrás hacer fotografías a menos que yo diga que puedes hacerlo. Y antes de que te emociones, cuando vayamos a la finca de mi padre tú no sabrás dónde está.

Ella hizo una mueca.

–¿Y cómo piensas hacer eso? ¿Vas a taparme la cabeza con una bolsa?

–Nada tan plebeyo, querida –Duarte sonrió mientras pasaba un dedo por su brazo–. Pero subirás a un avión con destino desconocido y aterrizaremos en una isla privada.

–¿Dónde?

–Un sitio más cálido que Massachussets, es lo único que debes saber. Aparte de eso...

–Piensas matarme y tirar mi cuerpo al mar por haber publicado ese artículo sobre tu familia –dijo Kate, asustada.

–¿Lanzarte a los tiburones? –Duarte soltó una carcajada–. Tienes mucha imaginación. No, nadie va a matar a nadie. Vamos a contarle a todo el mundo que estamos prometidos y si desaparecieras todos me señalarían a mí.

–Si pudieran encontrar esa misteriosa isla.

–Gracias a ti, me temo que la fortaleza de mi padre será descubierta tarde o temprano –Duarte abrió un cajón de la cómoda para sacar varias cajas, todas de famosas joyerías–. Una cosa más: si no respetases las reglas sobre la publicación del artículo le daré a seguridad la cinta en la que estás saltando por mi balcón y te demandaré por allanamiento de morada. Dará igual que seas mi prometida, todos creerán que la cinta fue grabada después de que rompiéramos y que no estabas actuando como periodista sino como una mujer despechada y dispuesta a vengarse.

Evidentemente, no estaba lidiando con un novato, pensó Kate.

–¿De verdad me enviarías a la cárcel?

–Sólo si me traicionas. Si no te gustan los riesgos no deberías haberte colado en mi balcón. Eso es allanamiento de morada, por si no lo sabes. Y nada justifica que alguien entre en casa de otra persona. Pero puedes marcharte si quieres –Duarte abrió una de las cajas para mostrarle un rubí rodeado de diamantes–. Las negociaciones han terminado. O lo aceptas o no, tú decides.

Kate miró el anillo. Era una joya anticuada pero muy elegante, nada llamativa como las que llevaban las grandes estrellas de Hollywood sino algo… eterno. La clase de joya que tendría un príncipe.

Y, por Jennifer, aceptaría tomar parte en aquella absurda farsa. Tenía que hacerlo. Lo lamentaría durante el resto de su vida si no se arriesgaba porque era la oportunidad de mantener a Jennifer en la residencia.

Una vez tomada la decisión, Kate le ofreció su mano.

–¿Por qué iba a traicionarte si hemos llegado a un acuerdo que nos beneficia a los dos?

Duarte sacó el anillo de la caja y lo puso en su dedo. Era una herencia familiar, una joya antigua. Podría comprarle algo más moderno más adelante, pero ahora que Kate había aceptado no pensaba dejar que se echase atrás. Tenía un mes para vengarse de ella. Y no, no iba a tirarla al mar para que se la comieran los tiburones.

En lugar de eso pensaba seducirla. Deseaba a aquella mujer y le habría gustado en cualquier circunstancia, pero no podía olvidar lo que le había hecho a su familia y la mejor manera de desacreditarla sería dándole el papel de ex novia despechada.

En un mes habría conseguido su objetivo.

–Los novios ya se habrán ido, de modo que no estaremos robándoles atención si bajamos juntos ahora.

–¿Juntos, esta misma noche?

Duarte sonrió mientras movía el anillo hasta que el rubí quedó justo en el centro de su dedo.

–Ya te he dicho que quería hacer pública la noticia.

–Pero es demasiado pronto –protestó Kate, frotando su pie desnudo con la pulserita que llevaba en el tobillo.

–Lo mejor será anunciar que somos una pareja lo antes posible –sólo con decir la palabra «pareja» su cerebro se llenaba de imágenes de cuánto y cómo quería *emparejarse* con ella–. Especialmente si sigues temiendo «dormir con los peces».

–Sí, bueno, imagino que no hay mejor momento que el presente –Kate tiró hacia arriba del escote de su vestido y Duarte tuvo que tragar saliva.

Le gustaba pensar que él apreciaba todo el paquete en lo que se refería a las mujeres: el cuerpo y el cerebro. Pero el escote de aquella chica tentaría a un santo. Le gustaría tirar del vestido para revelar esos pechos blancos, tomarse su tiempo para acariciarlos con las manos y la lengua…

«Paciencia».

–Abajo hay un salón lleno de gente importante… y tú podrás contarle todos los detalles a tu jefe. Te doy mi palabra. En quince minutos, yo tendré la seguridad de que has aceptado el acuerdo y tú estarás segura de que no podría matarte sin despertar sospechas.

–Muy bien, muy bien, como quieras –Kate rió y su risa fue como una caricia–. Pero tengo que hacer una llamada antes de bajar.

–¿A tu editor? No, de eso nada –Duarte tiró de ella, las suaves curvas femeninas rozando su torso–. Necesito saber que no vas a salir corriendo.

Kate lo miró a los ojos con expresión decidida.

–Necesito llamar a mi hermana. Puedes poner el altavoz si no te fías de mí, pero tengo que hablar con ella antes de bajar. Y no es negociable. Si la respuesta es no, acepto tu oferta de marcharme y conformarme con escribir un artículo sobre ese lunar que tienes sobre el ombligo.

Duarte no recordaba cuándo había deseado tanto a una mujer. Y, aunque intentaba decirse a sí mismo que era por culpa de su larga abstinencia desde que salió la noticia del paradero de su familia, sabía bien que le hubiera ocurrido lo mismo con ella en cualquier otra circunstancia.

¿Por qué las fotos que le había enviado su investigador privado no habían llamado su atención? Le pareció una chica atractiva, pero no había sentido aquel deseo incontrolable.

–¿No quieres hablar con el resto de tu familia?

–No, sólo con mi hermana. ¿Y tu familia, por cierto?

¿Debería contarle la verdad a sus hermanos?, se preguntó Duarte. Tendría que pensarlo bien y decidir cuál era la estrategia a seguir.

–Se enterarán cuando tengan que hacerlo. Y tú podrás llamar a tu hermana cuando hayamos hecho el anuncio abajo.

Kate negó con la cabeza, el movimiento haciendo que un mechón de pelo cayera sobre su frente.

–No quiero arriesgarme a que se entere antes por otros medios. Tengo que decírselo yo –insistió, levantando la barbilla en un gesto de desafío, como preparándose para una batalla–. Mi hermana es una chica… especial y sería muy desconcertante para ella enterarse de la noticia por alguien que no fuera yo.

Por primera vez, Duarte se dio cuenta de que había algo más en Kate Harper de lo que se veía a primera vista. Pero ella se lo había buscado cuando se coló en su balcón. De hecho, cuando publicó ese artículo identificándolo como miembro de la familia Medina de Moncastel.

–Muy bien, de acuerdo –asintió por fin–. Llama a tu hermana antes de que se entere por Internet. Todos sabemos lo rápido que se extienden las noticias en la red. Deban extenderse o no.

Kate arrugó la nariz, pero no dijo nada.

Cómo la deseaba, pensó Duarte. Tendría que esperar, pero no terminaría la noche sin haberle dado un beso.

–Date prisa. Tienes unos minutos, hasta que me cambie de ropa –le dijo, mientras desabrochaba el cinturón de la chaqueta.

Kate estuvo a punto de atragantarse.

–¿Quieres que salga al pasillo?

–No, usa mi teléfono –dijo él, ofreciéndole su iPhone–. Y prometiste poner el altavoz para que pudiese escuchar la conversación –le recordó, volviéndose para abrir un armario de caoba mientras se quitaba la chaqueta.

Ella tragó saliva. Le parecía ver puntitos de colores tras sus retinas…

Ah, se le había olvidado respirar.

Aquel hombre tenía un cuerpazo de escándalo. Lo había tocado antes, en el balcón, y mirándolo ahora de cerca debía reconocer que era impresionante.

Pero al pensar en Jennifer recordó por qué estaba allí: para asegurar el futuro de su hermana, que era lo más importante.

De modo que marcó el número de su móvil… el de Duarte se quedaría grabado en el de su hermana. Interesante, pensó, mientras activaba el altavoz.

–¿Quién es? –escuchó la voz de Jennifer al otro lado.

–Hola, cariño, soy Katie. Te llamo desde… el teléfono de un amigo. Tengo que darte una noticia.

–¿Vas a venir a verme?

Kate imaginó a Jennifer en pijama, comiendo palomitas con sus compañeros de la residencia.

–No, esta noche no, cielo.

Esa noche tenía una cita con un príncipe. Lo absurdo de la situación casi la hizo reír.

–¿Entonces cuándo?

Eso dependía de cierto extraño que, en aquel momento, estaba desnudándose tranquilamente delante de ella.

–No estoy segura, pero prometo ir en cuanto me sea posible.

Duarte sacó un esmoquin del armario y lo colgó en la puerta, el reflejo de su torso desnudo en el espejo…

–¿Qué noticia tenías que darme, Katie?

–Ah, sí –Kate se aclaró la garganta–. Estoy prometida.

–¿Para casarte? ¿Cuándo?

Kate decidió fingir que había entendido mal la pregunta para ganar tiempo.

–Me ha regalado un anillo esta noche.

–Y tú has dicho que sí –su hermana lanzó un grito de alegría–. ¿Quién es tu novio?

–Una persona que he conocido en el trabajo. Se llama Duarte.

–¿Duarte? Qué nombre tan raro. ¿Tú crees que podría llamarlo Artie?

Duarte miró por encima de su hombro con una ceja levantada, la primera señal de que estaba prestando atención a la conversación.

–Artie es un bonito nombre –dijo Kate–. Pero creo que prefiere que lo llamen Duarte.

Él sonrió mientras ponía los dedos en el elástico del pantalón…

Y, de nuevo, Kate se quedó sin respiración. No hubiera podido apartar la mirada aunque le fuese la vida en ello.

Sus ojos eran oscuros e indescifrables, pero no estaba riéndose de ella. No, en sus ojos había algo…

Kate se dio la vuelta cuando empezó a bajarse el pantalón.

—Seguramente leerás algo en las revistas, por eso te llamo. Duarte es un príncipe.

—¿Un príncipe como en los cuentos? —le preguntó su hermana.

—Eso es.

—¡Ya verás cuando se lo cuente a mis amigas!

¿Qué dirían sus amigas cuando lo supieran? ¿Intentaría alguien llegar a Duarte a través de la vulnerable Jennifer? Kate se dio cuenta entonces de las complicaciones de aquella situación.

—Cariño, prométeme que cuando la gente te pregunte les dirás que hablen con tu hermana. Sólo eso.

Jennifer vaciló.

—¿Durante cuánto tiempo?

—Hasta mañana al menos. Mañana volveré a llamarte, lo prometo.

Y ella siempre cumplía las promesas que le hacía a su hermana. Siempre.

—Bueno, te lo prometo. No diré una palabra. Te quiero mucho, Katie.

—Yo también a ti, cariño. Para siempre.

La comunicación se cortó y Kate se preguntó si había hecho bien dándole la noticia a su hermana. Pero la realidad era que debía cuidar de ella.

Por el momento, sus opciones eran muy limitadas y las fotos de la boda muy tentadoras. Un miembro de la familia, había dicho Duarte. ¿Uno de sus hermanos? ¿Un primo? ¿Su padre incluso?

Cuando oyó que descolgaba una percha tuvo que hacer un esfuerzo para no volverse, pero en su imaginación podía ver esas largas y poderosas piernas…

Unos segundos después se volvió por fin, pero Duarte aún no se había puesto la camisa. Y cuando la miró en sus ojos pudo ver un brillo de deseo. La deseaba tanto como lo deseaba ella, era innegable. E irónico, ya que llevaba un horrible vestido de imitación y él un elegante esmoquin.

–Tenemos que hablar de mi hermana –le dijo.

–Habla.

Duarte estaba llevando eso de ser príncipe demasiado lejos, pero Kate no estaba de humor para hablar del asunto. Tenía cosas más importantes que discutir.

–Te he dicho que mi hermana era una chica especial… no sé si habrás entendido cuál es el problema después de escuchar la conversación.

–Lo que he pensado es que sois dos hermanas que se quieren mucho –respondió él mientras se ponía la camisa–. Pero antes has dicho que no tenías que llamar a nadie más. ¿Qué ha sido del resto de tu familia?

Kate lo vio sacar unos gemelos de una caja y ponérselos en los puños de la camisa, sorprendida por la intimidad de la situación.

–Nuestra madre murió al dar a luz a Jennifer.

Duarte la miró entonces con un brillo de compasión en los ojos.

–Lo siento.

–Me gustaría recordar más cosas de ella, pero la verdad es que sólo tenía siete años cuando murió.

Jennifer tenía veinte ahora y Kate había cuidado de ella desde que su padre las abandonó.

–Entonces no recuerdas muchas cosas.

–Tenemos unas cuantas fotos y vídeos domésticos, pero poco más.

–¿La muerte de tu madre tuvo algo que ver con la discapacidad de tu hermana?

–Mi madre sufrió un aneurisma durante el parto y los médicos sacaron a Jennifer en cuanto les fue posible, pero estuvo privada de oxígeno durante mucho tiempo. Físicamente está sanísima, pero sufrió daños cerebrales.

Duarte se puso la corbata con una eficiencia que sólo podía ser debida a la frecuente repetición.

–¿Cuántos años tiene?

–Es una niña de ocho años en el cuerpo de una chica de veinte.

–¿Y dónde está tu padre?

Lamentablemente, aún no estaba en el infierno.

–Nos dejó hace años. Se marchó del país cuando Jennifer cumplió los dieciocho. Si quieres saber algo más, contrata a un investigador privado.

–De modo que tú cuidas de tu hermana –dijo Duarte, mientras se ponía la chaqueta–. Ninguna ley dice que tengas que hacerte cargo de esa responsabilidad.

–No lo digas como si fuera una carga –protestó Kate–. Es mi hermana y la adoro. Puede que tú no tengas una buena relación con tu familia, pero yo haría cualquier cosa por Jennifer. Y te aseguro que si le haces daño…

–Un momento, un momento. No tengo la menor intención de hacerle daño a tu hermana. A contrario, me encargaré de que tenga protección las veinticuatro horas del día. Nadie podrá acercarse a ella.

Qué sorpresa que quisiera hacer eso por Jennifer. Kate bajó la guardia, aunque no del todo.

–¿Y no la asustarán esos guardias de seguridad?

–No los verá siquiera, son profesionales y siempre tienen en cuenta la personalidad del sujeto al que deben proteger.

–Gracias.

No había esperado que fuera tan comprensivo.

–Date la vuelta –dijo Duarte entonces.

Sin pensar, Kate obedeció y enseguida notó el roce de algo frío, metálico…

–¿Qué haces?

–Te estoy poniendo un collar –contestó él, tomándola por los hombros para colocarla frente al espejo–. Por el momento, sólo puedo ofrecerte lo que guardo en la caja fuerte, pero creo que no está mal.

Un collar de diamantes. Un collar con el que podría pagar los cuidados de Jennifer de por vida.

–No te muevas, voy a ponerte unos pendientes a juego.

¿Y si los perdía?, se preguntó Kate entonces, asustada.

–¿No puedes devolverme los míos?

–No –contestó Duarte, poniéndole los pendientes y admirando el resultado–. Enviaré a alguien a buscar tus zapatos antes de irnos.

–¿Ir dónde? –preguntó ella, atónita por la familiaridad con que le había puesto las joyas. Evidentemente, era algo que hacía a menudo.

Duarte le ofreció su brazo.

–Es hora de presentar a mi prometida.

Capítulo Tres

Ni en un millón de años hubiera imaginado que esa noche iba a presentar a su prometida a las personas más influyentes de Martha's Vineyard. Aunque los novios se habían marchado ya, la orquesta y el banquete seguirían durante muchas horas más.

Duarte había esperado pasar la noche en el gimnasio, pensando qué iba a hacer con la petición de su padre de que llevara sus asuntos mientras estuviera enfermo. Él quería simplificar su vida y, en lugar de eso, se la había complicado aún más con su seductora acompañante.

Pero después de presentar a Kate en Martha's Vineyard, ella quedaría marcada para siempre. Cualquiera que se relacionase con la familia Medina de Moncastel se convertía en objetivo de la prensa… y de personas con peores intenciones.

Duarte cerró la puerta del ascensor y guardó su iPhone en el bolsillo. Acababa de enviarle un mensaje a su jefe de seguridad ordenando que protegiese a Jennifer Harper.

Cuando llegaron abajo pudo oír el sonido de risas, conversaciones y brindis. Los organizadores del evento se encargaban de todo, pero Duarte solía comprobar los detalles, especialmente cuando se trataba de eventos preferentes.

Aquella parte de la mansión, que debía tener más de cien años, era de reciente construcción y estaba conectada con el salón de banquetes. Duarte había creado una cadena de hoteles de lujo para tener sus propios ingresos, independientes de su familia.

Aunque pasaba la mayor parte del tiempo en Martha's Vineyard, comprar propiedades por todo Estados Unidos le permitía viajar con frecuencia y ésa era la clave para no ser detectado. No había un nombre común para sus adquisiciones, cada hotel llevaba uno diferente, pero todos eran exclusivos. No le interesaba tener una casa propia porque la suya le había sido robada muchos años atrás, de modo que ir de hotel en hotel no era ningún problema para él.

Pero aún seguía nervioso después de la mirada que habían intercambiado mientras se ponía el esmoquin.

Sí, mientras escuchaba la conversación con su hermana se había sentido intrigado. De repente, la pulserita de lana y plástico que llevaba en el tobillo cobraba sentido. Aquella mujer era más complicada de lo que había creído y eso hacía que quisiera conocerla mejor.

Y tenía intención de hacer que Kate lo deseara del mismo modo antes de llevársela a la cama.

Duarte se detuvo frente a las puertas del salón de baile y puso la mano en el picaporte…

–¿De verdad vamos a hacerlo? –le preguntó Kate.

–El anillo no es de plástico, te lo aseguro.

–No, ya –Kate levantó la mano para mirarlo a la

luz de la lámpara de araña–. Parece una herencia familiar.

–Lo es, Katie.

–Kate –lo corrigió ella–. Sólo Jennifer me llama Katie.

Jennifer, la hermana que quería llamarlo Artie. Si sus hermanos se enteraban no dejarían de reírse.

–Muy bien, Kate, hora de anunciar nuestro compromiso.

Se preguntó entonces qué pensaría ella de su otro nombre, el que había usado desde que se marchó de la isla a los dieciocho años. Un nombre supuesto que ya no podría usar gracias a Kate. Ahora todo el mundo sabía que era Duarte Medina de Moncastel y no Duarte Moreno, el nombre que había usado desde que se marchó de la isla.

Abriendo las puertas del salón, Duarte miró las mesas y la pista de baile buscando al padre del novio. Ramón, el heredero de una empresa farmacéutica, sonrió mientras se acercaba al micrófono.

–Queridos amigos y familiares –empezó a decir. Algunos invitados seguían cenando, otros estaban alrededor de la pista, esperando que la orquesta volviese a tocar–. Démosle la bienvenida a nuestro anfitrión, el príncipe Duarte Medina de Moncastel.

Aplausos, exclamaciones y las típicas tonterías de las que Duarte estaba cansado. En momentos como aquél casi entendía la decisión de su padre de vivir como un recluso.

Cuando los murmullos terminaron, Ramón tomó el micrófono de nuevo.

–Y démosle también la bienvenida a su bella acompañante…

Duarte le hizo un gesto para que lo dejase intervenir y anunció, sin necesidad de micrófono:

–Espero que se unan a mí para celebrar el segundo evento feliz de la noche. La bellísima mujer que está a mi lado es Kate Harper, que ha aceptado ser mi esposa.

Después besó su mano, mostrando estratégicamente el anillo para la media docena de periodistas que habían sido invitados al evento.

Había hecho bien en llamar a su hermana, pensó Kate, porque la noticia estaría siendo enviada a todas partes en ese mismo instante.

Los periodistas no dejaban de hacer preguntas, pero ella se limitaba a sonreír. Una chica inteligente, pensó Duarte.

–¡Enhorabuena!

–¿Cómo se conocieron…?

–Es lógico que dejara a Chelsea…

–¿Por qué no sabíamos nada del noviazgo?

Duarte decidió contestar sólo a las preguntas que le interesaban.

–¿Por qué iba a dejar que la prensa se comiera viva a Kate antes de convencerla para que se casara conmigo?

Naturalmente, los periodistas no cejaron en su empeño. Tenía que darles algo que los hiciera callar. ¿Y cuál era la mejor manera de hacerlo?

El beso que se había prometido conseguir esa misma noche, el que llevaba deseando desde que la vio en el balcón.

Tiró suavemente de su brazo para atraerla hacia sí y enseguida notó que sus pupilas se dilataban ligeramente, un claro signo de deseo. No le caía bien y tampoco ella era su persona favorita después de lo que había hecho, pero ninguno de los dos podía apartar la mirada.

Duarte olvidó el murmullo de los invitados y las preguntas de los periodistas mientras se concentraba en ella. Inclinando la cabeza, rozó sus labios y ella dejó escapar un gemido, momento que aprovechó para apoderarse de su boca. Aunque le hubiera gustado aplastarla contra su pecho, había mucha gente mirando y aquel beso servía para un propósito que no tenía nada que ver con la seducción.

Era hora de sellar el trato.

Kate tuvo que agarrarse a las solapas de su esmoquin para no perder el equilibrio. La sorpresa, debía ser la sorpresa, se dijo a sí misma.

Pero el escalofrío que la recorrió de arriba abajo decía que estaba mintiendo.

El seductor roce de sus manos en la cara, el suave tironcito de su labio inferior, que había atrapado con los dientes, amenazaba su equilibrio mucho más que la sorpresa. Kate tuvo que cerrar los ojos, olvidándose de la gente, de los periodistas… aunque ellos eran la razón por la que estaban besándose. Pero aunque estuvieran solos, la verdad era que quería besar a Duarte.

Sí, la atracción entre ellos había sido evidente

desde el principio, pero Kate no estaba preparada para eso. Había besos…

Y luego había *besos*.

Los de Duarte estaban entre estos últimos.

La tensión de aquella noche loca la aturdía y la firme presión de los labios de Duarte, seguros y persuasivos, hacía que se apoyara en su torso casi sin darse cuenta.

No podía dejar de recordar esa piel de bronce. ¿Qué más vería de él durante el próximo mes? Y si estaba mareada por un beso, ¿qué pasaría después de un mes haciéndose pasar por su prometida, cuando habría más besos y más abrazos?

El aroma de su colonia masculina la envolvía tan seductoramente como una caricia.

¿Qué le pasaba?, se preguntó. ¿Cómo podía dejarse seducir por un hombre al que acababa de conocer? Su cuenta corriente y el futuro de su hermana dependían de que mantuviese la cabeza fría.

Claro que era más fácil decirlo que hacerlo. Pero se apartó de golpe, antes de hacer algo de lo que se arrepintiera después, como pedirle que siguiera besándola.

Kate intentó sonreír, dándole una palmadita en el pecho como para quitarle importancia al asunto, mientras miraba a los invitados, las mujeres con joyas tan valiosas como el anillo que llevaba en el dedo. Aquél era su mundo, no el de ella.

Duarte la tomó del brazo y, al ver las bandejas de comida y la tarta nupcial, su estómago empezó a protestar. Le encantaría tomar un trozo de tarta. Tenía una absurda debilidad por las tartas nupciales y eso la enfadaba mucho porque no se consideraba una romántica. Pero era como si aquella tarta la llamase, riéndose de ella.

Y hablando de vibraciones negativas, Kate notó que varias mujeres la fulminaban con la mirada. Le gustaría decirles que no debían preocuparse, que Duarte estaría libre de nuevo en un mes. Incluso vio a una secándose una lágrima con el pañuelo. ¿Sería aquélla a la que decían que Duarte había dejado plantada?

–¿Quién es Chelsea? –le preguntó.

–¿Chelsea? –repitió él–. ¿Ya estás tomando notas para *Global Intruder*?

–No, lo pregunto por curiosidad. Veo que no soy muy popular entre las mujeres.

Duarte apretó su brazo.

–Nadie será antipático contigo, no te preocupes. Todos creen que vas a ser una princesa.

–Durante un mes, al menos.

Y treinta días le parecían mucho tiempo en aquel momento.

–Bueno, yo creo que hemos estado el tiempo suficiente –dijo Duarte, antes de llevarla hacia el pasillo.

Las puertas del ascensor estaban abiertas, como esperando las órdenes del príncipe.

Una vez dentro del ascensor, Kate lo miró.

–¿Por qué me has besado de ese modo?

–Todos esperaban un beso y les hemos dado un beso.

–Eso no ha sido un beso. Ha sido... bueno, más de lo que nadie esperaría.

–¿Ah, sí? –murmuró Duarte, burlón.

El ascensor se detuvo y Kate lo miró a los ojos. Qué momento para pensar que nunca había hecho el amor en un ascensor. No, peor, qué momento para pensar que le gustaría hacerlo en un ascensor.

Con Duarte.

Nerviosa, levantó las manos para quitarse los pendientes.

–Llama a un taxi para que pueda marcharme.

–¿Cómo has llegado hasta aquí, por cierto? Espera, espera, no tires así o te arrancarás las orejas.

–He venido en taxi. Aunque le pagué para que me esperase una hora, imagino que ya se habrá ido. Pero no te preocupes, puedes quedarte con tu rubí y puedes ponerme un guardia de seguridad para que me vigile, si quieres.

–Si te quitas el anillo de compromiso no hay acuerdo.

Duarte le hizo un gesto para que saliera del ascensor. ¿Iba a hacerle proposiciones?, se preguntó.

–Nuestro trato no incluye sexo, ya lo sabes.

–Yo siempre cumplo mi palabra. No habrá sexo, no te preocupes… a menos que tú quieras. Pero sí habrá más besos durante estas semanas. Todo el mundo esperará que me muestre afectuoso con mi prometida y también se esperará que tú lo seas conmigo.

–Sí, bueno… pero sólo en público.

–Naturalmente. Aunque estaremos solos en muchas ocasiones. Esta noche, por ejemplo.

–¿Por qué?

–Tenemos que conocernos mejor el uno al otro, así que deberías quedarte a dormir en el hotel.

Tenía sentido, pensó Kate.

–Pero que conste que me quedo bajo presión.

–Recuerda esa cena en Washington, con políticos y embajadores.

–Se te da muy bien tentar a una mujer.

Duarte la miró de arriba abajo, con esos ojos oscuros que parecían desnudarla.

–No creo que tú puedas sermonearme sobre ese asunto.

–Pensé que íbamos a hablar.

–Lo haremos, pero antes tengo algo que hacer. Pediré que te suban la cena a la suite mientras esperas.

–Y tarta –exigió Kate–. Necesito un trozo de tarta.

Duarte vio a su jefe de seguridad tomar un trozo de tarta mientras repasaba las cintas de seguridad y las noticias de Internet en múltiples pantallas. Un adicto al trabajo, Javier Gómez-Cortés comía frecuentemente en la oficina en lugar de tomarse una hora libre. Incluso guardaba un traje en el armario para cuando no iba a su casa a dormir.

Apartando una silla, Duarte tomó asiento a su lado.

–¿Qué has descubierto sobre Jennifer Harper?

Javier se limpió con una servilleta antes de dejarla sobre su rodilla.

–Dos miembros del equipo se dirigen ahora mismo a esa residencia a las afueras de Boston en la que vive. Se han puesto en contacto con la seguridad de allí y me llamarán dentro de una hora.

–Buen trabajo, como siempre.

Su jefe de seguridad había tenido un mes horrible al descubrir la traición de Alys, su prima y ayudante personal del depuesto rey de San Rinaldo, que había pasado información a *Global Intruder*, incluso contando cosas sobre su hermanastra, Eloísa, fruto de una aventura que su padre había tenido poco después de llegar a Estados Unidos.

Javier había presentado la renuncia, pero Duarte la había rechazado porque confiaba en él por completo.

Qué curioso que le resultase más fácil confiar en Javier que en su propio padre, pensó. Aunque eso podría tener algo que ver con Eloísa. Su padre, que había perdido a su esposa durante el golpe de Estado en San Rinaldo, había mantenido una aventura amorosa con otra mujer poco después y Eloísa era el resultado. La aventura duró poco y Duarte intentaba no juzgarlo, pero no siempre era fácil.

Y hacer las paces con él era más urgente que nunca debido a su enfermedad.

–¿Seguro que sabes lo que estás haciendo? –le preguntó Javier.

Nadie se atrevería a hacerle una pregunta tan personal, pero el pasado de su jefe de seguridad no era muy diferente al suyo porque su familia había escapado de San Rinaldo junto con la familia real. Enrique había comprado una fortaleza en Argentina, donde todo el mundo creyó que residían durante mucho tiempo. Y en esa fortaleza vivía también su círculo íntimo, incluyendo a los Gómez-Cortés. Javier entendía la necesidad de mantener la vigilancia constantemente, pero también entendía que algunos miembros de la familia no quisieran vivir recluidos.

Duarte señaló una pantalla en la que había una imagen de Kate, mirando el carrito de la cena.

—Sé muy bien lo que estoy haciendo: presentando públicamente a mi prometida.

—¿Ah, sí? Pues hace una hora, esa *prometida* estaba escalando tu balcón para conseguir una foto tuya.

Al pensar en la sorprendente aparición de Kate, Duarte tuvo que sonreír.

—Sí, una entrada espectacular.

Javier sacudió la cabeza.

—¿Por qué no le das una entrevista y te olvidas de ella?

—¿Qué mejor manera de vigilar al enemigo que tenerlo cerca? Kate sólo verá lo que yo quiera que vea. Y el mundo sólo sabrá lo que yo quiera que sepa.

—¿Y si cuenta después que el compromiso era falso?

—Para entonces todo el mundo creería que son los delirios de una mujer despechada. Y si un puñado de gente la creyese, ¿qué me importa? Kate habrá servido su propósito, que es lo fundamental ahora.

Javier lo miró, un poco sorprendido.

–Tienes un corazón de hielo, ¿eh?

–Y tú no eres muy respetuoso con el hombre que te paga el sueldo –bromeó Duarte.

–Sólo sigo trabajando para ti porque no te gustan los que te hacen la pelota. Tal vez por eso te gusta Kate Harper.

–Ya te he dicho…

–Ya, ya, tener al enemigo cerca y todo eso.

–Tal vez no sea tan frío como tú crees. Y la venganza sería muy dulce.

¿Entonces por qué no quería vengarse de la prima de Javier? Alys era muy atractiva. Incluso habían salido juntos brevemente en el pasado.

–Si quisieras vengarte podrías hacer que detuvieran a Kate Harper. No, lo que pasa es que esa chica te gusta.

Javier era demasiado astuto, seguramente por eso era un excelente jefe de seguridad. Claro que tampoco había nada malo en acostarse con Kate. De hecho, una aventura tendría mucho sentido y le daría credibilidad a su compromiso.

–Kate es… divertida.

Y su vida era últimamente tan aburrida.

El trabajo ya no era un reto. ¿Cuántos millones podía ganar un hombre? Duarte se consideraba un guerrero sin ejército.

Si hubiera crecido en San Rinaldo habría servido en el ejército, como su padre y su abuelo antes que él.

Qué irónico ser un multimillonario de treinta y cinco años y estar aburrido de la vida, se dijo.

–Además, mi compromiso con ella tranquilizará

a mi padre. Ya sabes que quiere ver una nueva generación antes de morir.

–Lo que tú digas, amigo –Javier tomó un trago de agua mineral.

Ah, demonios. No podía esconderle la verdad a su amigo y tampoco podía escondérsela a sí mismo. Kate Harper le gustaba más de lo que era recomendable. Además, le había prometido a su madre que cuidaría de Enrique… ¿pero qué podía hacer contra sus problemas de salud?

A veces se preguntaba por qué su madre se lo había pedido a él cuando Carlos era el mayor. Pero ella solía decir que era el soldado de la familia y Duarte haría lo que fuese para protegerlos. Lo mismo que haría Kate. Lo había visto en sus ojos cuando hablaba de su hermana.

Qué irónico que tuvieran objetivos similares, pero eso los convirtiera en enemigos.

Duarte se levantó y señaló la pantalla en la que se veía a Kate tomando su cena… con gran apetito, por cierto.

–Apaga esa pantalla. A partir de ahora, yo me encargo de Kate Harper.

Capítulo Cuatro

Afortunadamente nadie estaba mirando porque el hambre había hecho que olvidase sus buenas maneras en la mesa. Después de tomar el solomillo y la langosta, Kate probó la tarta de chocolate al ron. Estaba tan nerviosa antes de ir a Martha's Vineyard que no había tomado nada desde el desayuno y tenía más apetito del que pensaba.

Pero en lugar de vino decidió toma agua mineral. Debía mantener la cabeza fría esa noche con Duarte, especialmente después del beso.

Una promesa de placeres temporales que podría lamentar más tarde. No, que sin duda lamentaría más tarde.

Cuando oyó pasos en la entrada de la suite miró alrededor buscando sus zapatos... pero la puerta se abrió y no tuvo tiempo de recuperarlos, de modo que se quedó donde estaba, metiendo los pies descalzos bajo la mesa.

Duarte llenaba el quicio de la puerta con esos hombros imposibles, recordándole que estaban completamente solos.

—¿Te ha gustado la cena?

—Sí, mucho, todo estaba riquísimo. Mi enhorabuena al chef.

–Tenías hambre –dijo él, mientras se quitaba la corbata.

–¿Qué tal si te dejas el pantalón puesto por ahora, amigo? –sugirió Kate, intentando disimular su nerviosismo.

–Lo que tú digas, querida.

Sonriendo, Duarte dejó la corbata sobre el respaldo de un sillón y se sentó frente a ella.

–Debo confesar que es agradable que una mujer admita haber disfrutado de una comida porque últimamente todas quieren parecer modelos. Y comer puede ser una experiencia muy sensual.

Había pronunciado la palabra «sensual» con esa traza de acento exótico tan interesante. Pero Kate se recordó a sí misma que debía reunir la mayor cantidad posible de información para sus artículos. Para eso estaba allí, no para tontear con Duarte.

–Tú no pareces la clase de hombre que come demasiado. Al contrario, pareces muy disciplinado.

–¿Ah, sí?

–Yo diría que eres un obseso de la comida orgánica y que haces mucho ejercicio.

–¿Eso te molestaría?

–No, para nada.

–¿Tú haces ejercicio?

–Hago un poco de bicicleta cuando puedo, pero poco más. Y me gusta comer.

Un momento… ¿por qué estaban hablando de ella cuando deberían estar hablando de él?

–Pues deberías entrenarte si vas a seguir escalando balcones –bromeó Duarte.

–Antes has dicho que me habías visto en la cámara de seguridad. ¿Y si alguien de la prensa viera esas imágenes? ¿No descartaría eso la historia del repentino compromiso? ¿Y qué pasa con el artículo sobre tu hermanastra? ¿De verdad crees que alguien va a creer que estamos prometidos?

–Sobre el incidente del balcón, culparemos a los paparazzi, que estaban persiguiéndote. Y en cuanto a la información sobre mi hermanastra… diremos que la culpa es de Alys. Ella te lo contó, tú se lo comentaste a un colega y él lo publicó.

–Pero si decidieras usar esas imágenes contra mí, yo podría decir que todo es mentira.

–¿Crees que revelaría toda la munición en mi arsenal? –Duarte tomó una copa y empezó a jugar con ella.

–¿Estás intentando preocuparme?

–No, sólo digo que yo me muevo a otro nivel, uno al que tú no estás acostumbrada. Tengo que hacerlo porque me juego mucho.

–No lo dudo –asintió Kate, pensando en su hermana–. Pero también yo me juego mucho.

Duarte sacó un disquete del bolsillo.

–¿Qué contiene?

–Las fotos que hiciste con tus mini-cámaras y las de mi equipo de seguridad para que las compartas con *Global Intruder*.

–¿Todas mis fotos? –exclamó ella, sorprendida.

–No, la mayoría de tus fotos –Duarte sonrió–. Puedes enviárselas a tu editor, no me importa. Si le parece extraño que sigas trabajando para él cuando tienes un prometido millonario, dile que queremos controlar la información y que mientras se porte bien seguiremos dándosela. Pediré que te envíen un ordenador portátil a primera hora.

–Muy bien –dijo ella–. Pero tengo que pasar por mi apartamento mañana, antes de irnos.

–¿Perro o gato?

–¿Qué?

–¿Tienes un perro o un gato?

–No sabía que los ninjas supieran leer el pensamiento. Y sí, tengo un gato. Estoy poco tiempo en casa, así que no puedo tener un perro. En general, mi vecina se encarga de él cuando tengo que viajar.

–No hace falta que molestes a tu vecina. Mi gente se encargará de todo.

–Gracias.

–Y antes de que digas que tienes que hacer la maleta, olvídalo. Mañana traerán tu nuevo vestuario y tendrás todo lo que necesites.

Kate miró su patética copia de Dolce & Gabanna.

–¿Me vas a convertir en Cenicienta?

–Tú no necesitas un cambio de imagen. Incluso llevando un… –Duarte no terminó la frase.

–¿Una mala copia querías decir? No te preocupes, no me ofende. No me avergüenza que mi cuenta corriente no pueda compararse con la tuya.

–Me alegra mucho que no vayamos a tener discusiones tontas. Tienes que darme tu número de pie, talla de sujetador…

–¿Perdona?

–¿Qué talla de sujetador usas? Tengo entendido que algunos de los vestidos de noche llevan un corpiño que hay que ajustar a la talla de sujetador. Se pueden hacer arreglos de última hora, pero ayuda mucho tener una idea…

–Una noventa.

Duarte estaba mirando su iPhone, pero Kate se dio cuenta de que disimulaba una sonrisa. Aquel hombre tenía mucha cara, pensó.

–Parte del nuevo vestuario llegará por la mañana. El resto de la ropa llegará a finales de la semana –le dijo, volviendo a colocar el rubí en el centro de su dedo.

El simple roce la excitó tanto como el beso de antes y esta vez estaban solos y no en un salón lleno de gente. La mirada de Duarte se clavó en sus labios, los ojos castaños cargados de deseo.

Le había dicho que el acuerdo era beneficioso para los dos, pero Kate se preguntó si tendría otras intenciones. ¿Podría tener tanto interés en acostarse con ella como para exponerse a la voracidad de los medios? Que la deseara tanto era increíble. ¿Qué mujer no se sentiría halagada?

Le parecía tan imposible que se sintió presumida por pensarlo siquiera. No, la venganza parecía un objetivo más lógico.

Y debía tener cuidado.

–El reportero que publique el artículo se dará cuenta de que eres muy considerado.

–Unos cuantos vestidos no harán mella en mi cuenta corriente.

–No me refería a eso sino a tu consideración por pensar en mi gato.

–No tienes que darme las gracias –Duarte apretó su mano–. Sólo me encargo de solucionarlo todo para que podamos marcharnos sin problemas.

La personalidad de aquel hombre podría eclipsar a cualquiera, pensó Kate.

–Claro que en mis artículos también tendré que decir que eres un poco mandón.

–Yo prefiero pensar que me gusta controlar las cosas.

–Podrías haber sido un buen general.

Duarte volvió a acariciar el rubí.

–¿Por qué tengo la impresión de que eso no es un cumplido?

–¿No te preocupa la imagen que dé de ti? Yo suelo publicar fotografías, pero escribo artículos de vez en cuando.

El calor de su mano parecía quemarla. Y sólo estaba apretando su mano, por Dios bendito, algo completamente inocente.

Pero estaban solos y Kate se preguntó si era sensato dejar que la tocase cuando no había nadie alrededor. Porque el brillo de sus ojos no era precisamente inocente.

–No me importa lo que la gente piense de mí, si quieres que te sea sincero. Sólo me importaba vivir tranquilamente y me temo que eso ya es imposible –Duarte levantó su barbilla con un dedo–. Así que hablemos de lo sexy que estás te pongas lo que pongas y cuánto mejor estarías sin nada de ropa…

Kate sabía lo que estaba haciendo: ponerla a prueba. Podía echarse atrás o hacerle saber que no era tonta. Ella siempre se enfrentaba con las situaciones de frente y no tendría sentido hacer otra cosa en aquel momento.

–Deja de intentar asustarme. No me ha temblado la mano mientras hacía fotografías en un bombardeo o durante un terremoto, así que puedo ser firme tratando con alguien como tú.

Kate vio un brillo de aprobación en sus ojos. Qué tonto emocionarse por haberlo impresionado con algo más que su talla de sujetador, pensó. Aunque no podía negar que le gustaba mucho ese ligero acento suyo. Duarte era un hombre muy guapo, un ganador. Y había tenido suerte en la lotería genética en lo que se refería a carisma y personalidad.

Pero eso no significaba nada. No iba a dejarse impresionar tan fácilmente.

–No vas a asustarme ni vas a hacerme perder la cabeza, te lo aseguro.

–Me alegro porque una victoria fácil no sería tan divertida –Duarte sonrió mientras le ofrecía un albornoz de algodón blanco–. Que disfrutes de la ducha.

Kate estaba desnuda bajo el albornoz.

El algodón era grueso, suave y la cubría completamente, pero Duarte sabía que no llevaba nada más.

Se quedó muy quieto en el sillón, frente a la

chimenea. Había esperado durante media hora en la suite, una habitación grande con un salón. Ella estaba en el quicio de la puerta, con el pelo mojado y suelto…

Kate lo miró sin decir nada durante unos segundos y después se sentó en un sillón, a su lado. Era más valiente de lo que había imaginado.

Y magnífica.

Cuando cruzó las piernas dejó al descubierto una cremosa pantorrilla…

–¿De qué más tenemos que hablar antes de enfrentarnos con el mundo?

Duarte había encendido la chimenea para darle un ambiente íntimo a la habitación, pero ahora ese ambiente íntimo lo atormentaba.

–Tú te dedicas a inventar historias partiendo de un gramo de verdad… ¿qué tal si inventas cómo nos conocimos?

–Muy bien –Kate movió el pie de un lado a otro, llamando la atención sobre la pulserita de lana en su tobillo–. Cuando revelé la identidad de tu familia, tú… fuiste a mi apartamento para hablar conmigo porque no querías arriesgarte a que te viera nadie. Imagino que sabes dónde vivo, ¿no?

–Sé que resides en Boston, aunque viajas frecuentemente, y que vives en un estudio.

–Ya veo que tus detectives han hecho su trabajo. ¿Sabías lo de Jennifer?

–No, no lo sabía. Pero dime una cosa: ¿cómo es posible que una persona que ha cubierto la guerra en Irak y Afganistán trabaje ahora para *Global Intruder*?

–La industria periodística ya no es lo que era y una tiene que buscarse el sueldo.

–¿Y cuidar de tu hermana no tiene nada que ver con esa decisión?

–Jennifer me necesita –dijo Kate, quitando una pelusilla del brazo del sillón.

–Para cuando conseguiste llevar a tu hermana a la residencia, otros reporteros te habían quitado el puesto, ¿es eso?

–¿Qué tiene esto que ver con nuestro acuerdo? Si saliera el tema de Jennifer, le diremos a los periodistas que no es asunto suyo.

–Vaya, ¿por qué no se me había ocurrido antes? –bromeó Duarte–. Y pensar que nosotros hemos tenido que escondernos y cambiar de identidad cuando sencillamente podríamos haber dicho: «lo sentimos mucho, señores, pero nuestra vida no es asunto suyo».

Kate apartó la mirada, un poco avergonzada.

–¿Seguro que podremos convencer a alguien de que nos caemos bien? Ya no hablo de estar enamorados.

Duarte intentó contener su enfado. Aquella mujer lo afectaba demasiado y no podía permitirlo.

–Sólo estamos hablando de los datos básicos de tu vida. Imagino que podrás confiarme eso.

–Dame una buena razón para que confíe en ti. No te conozco de nada, pero tal vez si me contaras algo sobre tu pasado…

–*Touché* –murmuró él–. Pero sigamos hablando de nuestra supuesta relación.

–El día que nos conocimos, yo llevaba un pantalón vaquero, una camiseta de Bob Marley y sandalias. Tú lo recuerdas perfectamente porque te quedaste encantado con… el color rojo de mis uñas. Y terminamos hablando durante horas.

–¿Qué llevaba yo?

–El ceño fruncido –bromeó ella.

–Ah, ya, y te quedaste prendada de eso.

–Casi me desmayo –Kate se inclinó hacia delante y el albornoz se abrió un poco, lo suficiente para revelar el nacimiento de sus pechos–. La atracción fue instantánea y mutua. Innegable.

–Esa parte será fácil de recordar –dijo Duarte con voz ronca, intentando apartar la mirada de sus generosos pechos.

–Intentaste conquistarme y, al principio, yo me resistí –siguió ella, echándose de nuevo hacia atrás–. Pero al final caí rendida.

–Dime qué hice para convencerte.

–Te ganaste mi corazón cuando me escribiste un poema.

–No, me temo que no.

–Era una broma.

–Lo siento, pero yo no sé escribir poemas de amor. Puedo ser romántico sin escribir poesías.

–Entonces, oigamos cuál sería tu versión de nuestra primera cita.

–Fui a buscarte en mi Jaguar.

Kate arrugó la nariz.

–Eso no me emocionaría en absoluto.

–Es un Jaguar clásico. Y de color rojo.

–No sé… bueno, tal vez.

Duarte se quedó pensando un momento.

–Llevaba caviar y comida para gatos en lugar de flores y bombones.

–Ah, mi pobre Ansel, qué contento se pondría.

–¿Ansel? Como Ansel Adams, el fotógrafo –murmuró Duarte, intrigado.

–Ni flores ni bombones… qué raro. Pensé que serías de los que regalan flores exóticas y trufas al coñac o algo así.

–No, demasiado obvio –dijo él–. Cenamos en mi jet privado para no llamar la atracción yendo a un restaurante.

–¿En tu jet privado? ¿Y dónde fuimos?

–Al museo de fotografía contemporánea de Chicago.

–He leído muchos artículos sobre ese museo, pero nunca he estado allí –dijo Kate.

Duarte pensó que la llevaría antes de que todo terminase.

–Descubrimos muchas cosas el uno del otro esa noche. Por ejemplo, cuáles eran nuestros platos favoritos…

–Perritos calientes con cebolla y tarta nupcial, de lo que sea. Es un capricho mío –dijo Kate–. ¿Y el tuyo?

–Paella, un plato español que se hace con arroz y mariscos –respondió Duarte. Aunque no había encontrado nunca a un chef que pudiera darle el toque que le daban en San Rinaldo–. ¿Y tu color favorito?

–El rojo. ¿El tuyo?

–No tengo un color favorito. ¿Café o té?

–Café, siempre. Sin leche y sin azúcar, servido con bollitos de Nueva Orleans.

–Estamos de acuerdo en el café, aunque yo prefiero tomarlo con churros. ¿Y dónde te gusta que te besen? –Duarte decidió empezar por lo que era realmente importante.

Kate, nerviosa, jugaba con el cinturón del albornoz.

–Eso no tiene por qué ser de conocimiento público.

–Sólo quiero saberlo para cuando nos hagan fotografías. Por cierto, en nuestra primera cita nos besamos, pero tú no dejaste que fuéramos más allá hasta que…

–No pienso contarle nada de eso a los periodistas –lo interrumpió ella.

–Pero nos besamos en nuestra primera cita –insistió Duarte.

–Después de lo que ha pasado en el salón, creo que todo el mundo sabrá que… en fin, que nos besamos.

Duarte alargó una mano para tomar su tobillo y jugar con la pulserita.

–Por lo que sé de ti, creo que tienes unas orejas muy sensibles.

Kate abrió la boca para protestar, pero después se aclaró la garganta.

–Creo que ya sabemos bastantes cosas el uno del otro por esta noche. Deberíamos dormir un poco.

Su tono no dejaba lugar a dudas: no iba a seguir hablando y, aunque él hubiera preferido terminar la noche descubriendo cada centímetro de su cuerpo, se consoló pensando que tenía un largo mes por delante.

Y cuando se levantó le pareció ver un brillo de pesar en sus ojos. Estupendo. De modo que estaba más interesada de lo que quería dar a entender...

Capítulo Cinco

A la mañana siguiente, Kate se puso uno de los trajes que habían llevado para ella, de tan buena calidad que era como si no llevase nada en absoluto.

Los pantalones de lana fría eran cálidos y suaves y el jersey de cuello vuelto, de cachemir. Todo era de su talla… e incluso habían enviado un perfume con un toque de canela, su favorito. ¿Cómo podían saber eso?

Todo le quedaba perfecto, desde las botas de piel marrón al sujetador. Un empleado del hotel lo había llevado todo, junto con una nota, una bandeja con café y un ordenador portátil para que le enviase fotos a Harold Hough, el editor de *Global Intruder*.

Duarte había cumplido su palabra.

Kate pasó una mano por las dos bolsas de Louis Vuitton llenas de trajes doblados y ordenados, con un neceser a juego. Qué mundo tan diferente, pensó, en el que alguien podía conseguir cualquier cosa con sólo chascar los dedos.

Suspirando, tomó una gabardina forrada de piel y unos guantes de ante, preguntándose dónde irían después de pasar por su casa para recoger las cámaras.

¿Y cómo podía querer pasar tiempo con un hombre que, a pesar de mostrarse tan considerado, en realidad estaba chantajeándola? En fin, habían llegado a un acuerdo, aunque hubiera sido por desesperación, y tendría que disfrutar en lo posible, se dijo.

Kate salió al pasillo y cerró la puerta. La nota de Duarte decía que fuera a su oficina, pero cuando se dio la vuelta estuvo a punto de chocar con un hombre que parecía haberse materializado de repente.

–Ah, perdón.

–Soy Javier Gómez-Cortés –se presentó él, con un acento más fuerte que el de Duarte–. Trabajo para Duarte Medina de Moncastel y he venido para acompañarla a su oficina, señorita Harper.

¿Lo que llevaba en el cinturón era una pistola?

–¿Y qué hace exactamente para Duarte?

–Soy su jefe de seguridad.

Ah, eso explicaba la pistola.

–Gracias por su ayuda. La verdad es que no conozco bien el hotel.

–Pues anoche se las arregló sin ningún problema –dijo él, mientras la llevaba al ascensor.

Kate hizo una mueca. Debía haber visto la cinta de seguridad, pensó. Y también debía saber que el compromiso era una farsa.

–Anoche fue memorable por muchas razones.

Su rostro le resultaba extrañamente familiar, pero los otros Medina de Moncastel se llamaban Carlos y Antonio, no Javier. Y, aunque debía ser de la misma edad y estatura que Duarte, Javier no parecía un familiar.

Y no pudo dejar de notar que, aunque era muy guapo, aquel hombre no la excitaba en absoluto.

–Si traiciona a Duarte lo lamentará –dijo el hombre cuando se abrieron las puertas del ascensor.

Kate iba a decirle que se dejase de melodramas, pero se dio cuenta de que hablaba en serio.

–Ya me imagino.

–Estaré vigilándola todo el tiempo, señorita Harper. Puede que Duarte confíe en usted, pero yo no.

Enfadada, Kate lo miró a los ojos.

–Ah, ya lo entiendo. Su apellido es Gómez-Cortés, de modo que debe ser pariente de Alys.

–Es mi prima, sí.

–Y está molesto conmigo porque su prima ha perdido el favor real por contar lo que no debía.

–Alys es una adulta y toma sus propias decisiones, me gusten a mí o no. Mi prima fue desleal no sólo a la familia Medina de Moncastel sino a nuestro país. Estoy enfadado con ella, no con usted. Puede citarme cuando quiera en sus artículos.

–Muchas gracias, intentaré deletrear bien su apellido –respondió ella, irónica–. Pero me gustaría aclarar una cosa: si sólo está enfadado con ella y sabe que yo estaba haciendo mi trabajo, ¿por qué se muestra tan antipático conmigo?

–Porque hay trabajos que no deberían hacerse, señorita Harper. No tienen justificación. Mi trabajo consiste en proteger a los Medina de Moncastel, el suyo parece consistir en todo lo contrario.

Aunque le molestaba su tono, Kate entendía y respetaba su deseo de proteger a esa familia.

–¿Sabe una cosa? Todo el mundo debería tener un amigo como usted.

–Los halagos no funcionan conmigo, señorita Harper. Recuerde, estaré vigilándola.

Cuando llegaron al despacho, Duarte levantó la mirada y arrugó el ceño.

–¿Ocurre algo?

–No, en absoluto –contestó Javier–. Sólo estaba presentándome a tu prometida.

–Tu amigo estaba contándome que lleva la seguridad del hotel.

Aunque le gustaría decirle que se metiera en sus cosas, la verdad era que tenía razón. Y que ella debía tener cuidado.

No podía dejarse llevar por el atractivo de Duarte, por su fabuloso estilo de vida o por el aparente buen trato. Aquél era un hombre que vivía rodeado de cámaras de seguridad y guardaespaldas armados. Tendría que estar a la defensiva si esperaba sobrevivir a aquel mes con él.

Y eso significaba que los roces serían mínimos.

Duarte subió a la limusina enfadado después de haberla visto con Javier. No porque estuviera celoso, ésa era una emoción que no conocía. Pero verlos juntos lo había hecho sentir…

No sabía qué lo había hecho sentir, pero no le gustaba nada. Después de tomar el ferry desde Martha's Vineyard, Kate había insistido en ir a buscar sus cámaras personalmente porque no quería que sus empleados tocaran sus cosas. Y Duarte, que entendía el deseo de privacidad, tuvo que acceder.

–¿Puedo preguntar qué vamos a hacer ahora o no tienes intención de contármelo?

–Tengo un jet privado esperando en el aeropuerto para llevarnos a Washington en cuanto deje de nevar. Nos alojaremos en uno de mis hoteles –Duarte sacó una tarjeta de la cartera–. Ésta es la dirección en caso de que quieras decírselo a tu hermana… o al editor de *Global Intruder*.

Aunque nadie podría saltarse la seguridad de ese hotel.

Había comprado la mansión del siglo XIX diez años antes y, después de varias reformas y ampliaciones, la había convertido en un hotel de lujo. Con medidas de seguridad que no tenía ningún otro hotel en el mundo.

En silencio, Kate saco el móvil del bolso y empezó a enviar un mensaje de texto, su sedoso pelo cayendo sobre uno de sus hombros. Kate trabajaba en prensa y no podía olvidar ni por un minuto que era un peligro.

–No cometas el error de pensar que Javier es como su prima. Pudiste engañar a Alys, pero Javier es diferente.

Ella lo miró, enfadada.

–Para tu información, yo no tuve que engañar a Alys. Sí, hablé con ella sobre la foto que te había hecho con la mujer del senador, pero fue ella quien me contó lo de tu hermanastra, de la que yo no sabía absolutamente nada.

–Tú te pusiste en contacto con Alys para hablar de esa fotografía. La perseguiste para que te contase todo lo que sabía.

–Cree lo que quieras. Pero la verdad es más sencilla: estaba buscando información sobre el hombre misterioso que se hacía llamar Duarte Moreno y encontré a alguien dispuesto a hablarme del asunto.

Saber que Alys había traicionado a su familia lo enfurecía, pero también reafirmaba lo que había creído desde la infancia: que no había manera de escapar al legado de los Medina de Moncastel.

–Recuerda lo fácil que es dar un paso en falso. Si revelas el secreto de nuestro compromiso no tendrás foto de la boda.

–¿Ni siquiera podría cometer un pequeño error? Todo el mundo merece una segunda oportunidad.

–No cuando nos jugamos tanto –dijo él. Un paso en falso, un error, podría costar una vida. Su madre había muerto y Carlos aún tenía cicatrices de aquel aciago día.

–¿No sientes curiosidad por saber por qué Alys vendió a tu familia?

–El porqué no importa.

–No, ahí te equivocas –dijo Kate–. El porqué puede importar y mucho.

–¿Qué ha sido de «informar de manera neutral sobre los hechos»? ¿No es eso lo que os enseñan en la universidad?

–El porqué puede ayudar a un buen periodista a conseguir más información de su fuente.

–Muy bien. ¿Por qué Alys se volvió contra nosotros?

Kate tomó una de las cámaras y, cuando Duarte no protestó, le hizo una fotografía.

–Alys quería casarse con uno de vosotros –respondió, bajando la cámara–. Pero no sería divertido llevar una tiara si no pudiera enseñársela a nadie. Quería que todo el mundo supiera quiénes eran los Medina de Moncastel y mi cámara hizo eso posible.

–No me digas que estaba enamorada de uno de nosotros. Si sintiera algo, no nos habría traicionado.

–Sí, eso es verdad –Kate se encogió de hombros–. ¿Tú estabas enamorado de Alys? ¿Es por eso por lo que pareces tan irritado?

Su irritación era por ella, no por Alys, una mujer que era historia pasada.

–¿Tú qué crees?

–Creo que debió dolerte mucho que os traicionara. Especialmente si, además de ser prima de Javier, significaba algo para ti.

–No estoy interesado en Alys –dijo Duarte–. Nunca lo estuve. Salí un par de veces con ella, pero nada más. Cualquier sueño de convertirse en princesa era eso, un sueño.

Duarte se dio cuenta de que Kate sentía curiosidad por su relación con Alys. Y no como periodista sino como mujer, estaba seguro. Y, de repente, la irritación que había sentido al verla con Javier dejó de tener importancia.

Duarte pasó un brazo por encima del respaldo del asiento.

–¿Se puede saber qué haces? –preguntó ella.

Él inclinó la cabeza para rozar el lóbulo de su oreja con los labios.

–Mostrarme atento con mi prometida… temporal.

Al principio Kate se puso rígida, pero al sentir el roce de sus labios se inclinó, casi sin darse cuenta, hacia él. Con cuidado, Duarte dejó la cámara sobre el asiento, desabrochó el cinturón de seguridad y tiró del cuello de la gabardina. El jersey de cuello vuelto le quedaba perfecto, el cachemir tan fino que casi podía imaginar la suavidad de su piel. Si movía la mano un centímetro más arriba podría explorar sus curvas…

De repente, sentía tanto calor que casi podría derretir la nieve que caía fuera del coche. Y notó que Kate se apretaba contra él, temblando, sus pezones endureciéndose ante el roce de su cuerpo.

–¿Qué estamos haciendo? –murmuró.

–Sólo quiero tranquilizarte. No tienes que preocuparte por Alys –Duarte apartó un mechón de pelo de su frente–. Tú tienes toda mi atención, no hay nadie más.

–Un momento, príncipe azul –exclamó Kate entonces–. Tienes un ego del tamaño de una catedral, ¿no?

–Querías saber si había tenido una relación con Alys y no era para un artículo. ¿Me equivoco?

–No, la que se ha equivocado he sido yo. Debería haber parado esto antes. Ni siquiera sé por qué… lo de anoche era diferente. Entonces había gente.

–¿Te gusta que te miren?

–No seas idiota.

–No, era un halago. Me gustó tanto ese beso que me encantaría repetirlo.

–¿Para qué?

Duarte se limitó a sonreír.

Y, aunque estaba apartándose, cruzando los brazos firmemente sobre el pecho en un gesto defensivo, las pupilas de Kate se dilataron.

–Hemos llegado a un acuerdo que nos beneficia a los dos. Estaremos juntos durante un mes y después nos diremos adiós. Tú mismo dijiste que acostarnos juntos no era parte del plan a menos que yo quisiera hacerlo y yo no tengo la menor intención de hacerlo. No me interesa el sexo por el sexo.

Duarte apartó las manos y volvió a colocar su gabardina.

–Entonces tendremos que asegurarnos de que no sea sólo eso.

Capítulo Seis

Dos días después, Kate se dejaba llevar por un vals en el lujoso hotel de Washington. La orquesta había tocado una mezcla de clásicos que iban desde la banda sonora de *Moulin Rouge* al musical *Oklahoma*. Baja las lámparas de araña, Duarte la guiaba por la pista con mano firme y, por el momento al menos, Kate se dejaba llevar, disfrutando de la fiesta con su atractiva pareja.

Se había quedado impresionada por todo lo que había visto en el hotel y el salón de baile no era una excepción. Lujosamente diseñado, con detalles arquitectónicos greco-romanos y columnas dóricas, los murales del techo representaban personajes de la literatura clásica americana.

La reunión, llena de políticos y embajadores, era el sueño de cualquier periodista. Después de una cena de cinco platos, Kate había visto a un senador bailando con una secretaria del Departamento de Estado. Le encantaría hacer fotografías, pero sabía que debía cumplir las reglas y ser paciente.

Además, Duarte estaba siendo muy generoso y durante la conferencia de prensa que había dado en nombre de su familia, Kate había hecho varias fotografías interesantes.

La prensa lo estaba pasando en grande gracias al compromiso del príncipe con la mujer que había dado la exclusiva de su identidad y la historia de cómo se conocieron había sido publicada en todas partes.

Sin duda, también publicarían fotografías de los dos bailando, siguiendo con el manido tema Cenicienta, en las páginas de sociedad y en la blogosfera.

Su vestido de noche, que dejaba un hombro al descubierto, no se parecía nada a la copia de Dolce & Gabanna que había llevado la noche que entró por su balcón en Martha's Vineyard. La seda color champán parecía acariciarla con cada paso, tanto como la mano de Duarte en su espalda.

Y cuando levantó la mirada, en sus ojos oscuros vio la consideración que tanto intentaba disimular.

–Gracias por dejar que hiciera fotografías esta mañana. Has cumplido tu promesa.

–Te di mi palabra y yo siempre la cumplo.

–La gente miente todo el tiempo y yo lo acepto.

–No había esperado conocer a una mujer tan descreída como yo. ¿Quién te ha roto el corazón?

Kate echó la cabeza hacia atrás para mirarlo a los ojos.

–Será mejor no estropear una noche tan agradable hablando del pasado. Que tú tengas muchas historias románticas no significa que las tenga todo el mundo.

Un momento. ¿De dónde había salido eso? Tal vez lo había dicho porque parecían encontrarse con ex novias de Duarte por todas las esquinas. Aunque a ella no le importaba, por supuesto.

Y tal vez si se lo decía a sí misma suficientes veces acabaría por creerlo.

En realidad, estaba disfrutando de su compañía y no quería que fuese una mala persona.

–¿Qué sabes tú de mis historias románticas?

–Eres como un George Clooney con título nobiliario, pero más joven.

Y más guapo aún. Y estaba con ella.

–¿Esperabas que fuese un monje? –Duarte aumentó un poco más la presión de su mano.

–Por lo que me han contado, nunca has tenido una relación que durase más de tres meses.

Sus ex novias le habían deseado suerte, pero el escepticismo era evidente. Y las mujeres con las que no había salido se habían mostrado igualmente incrédulas.

–¿Preferirías que las engañase manteniendo una relación que no va a llegar a ningún sitio?

–¿No te importa romperles el corazón?

Multimillonario, con título, atractivo, no era justo. Y entonces se dio cuenta de algo…

–Esas mujeres no sabían que fueras un príncipe. Ah, ahora veo que eres aún más peligroso de lo que yo creía.

¿Por qué seguía hablando del tema? Debería darle igual que aquel hombre tuviera novias en todas partes, que viviera en hoteles y que nunca se hubiera comprometido con una mujer.

Duarte dejó escapar un suspiro.

–Cualquiera que esté interesado en mí por mi

dinero o por mi difunto título es alguien que a mí no me interesa. ¿Podemos hablar de otra cosa? Ahí está el embajador norteamericano en España.

–Ya lo conozco, gracias –Kate había conseguido fotografías imposibles no echándose atrás y eso no iba a cambiar–. ¿No te molestaba tener que mentirles a esas mujeres?

–Tal vez es por eso por lo que nunca he tenido una relación seria –Duarte sonrió mientras tocaba uno de sus pendientes, un diamante amarillo del que salía una cascada de brillantes que acariciaban sus hombros–. Y ahora, gracias a nuestro compromiso, no tendré ese problema.

El corazón de Kate dio un vuelco dentro de su pecho ante lo que entendió como una sugerencia. Y aun sabiendo que no podía hablar en serio, preguntó:

–¿Estás intentando seducirme?

–Por supuesto. Y pienso hacer que disfrutes cada minuto.

Duarte dio un paso atrás y sólo entonces Kate se dio cuenta de que el vals había terminado.

Habían pasado setenta y dos horas desde que intentó colarse por su balcón y ya estaba preguntándose cuánto tiempo podría resistir…

Pero Duarte frunció el ceño y metió la mano en el bolsillo del esmoquin para sacar su iPhone.

–Perdóname un momento… ¿Javier?

Mientras escuchaba frunció el ceño aún más y Kate se puso alerta. Ocurría algo, eso estaba claro.

Después de cortar la comunicación, Duarte le pasó un brazo por la cintura. El gesto era diferente ahora, en absoluto seductor más bien posesivo.

Protector incluso.

–¿Qué pasa?

–Tenemos que irnos ahora mismo –contestó él, llevándola hacia la puerta–. Hay una alerta de seguridad.

Duarte llevó a Kate casi en volandas hacia el ascensor. Nadie los seguía, pero no pensaba arriesgarse. Incluso un segundo de retraso podría ser catastrófico.

La antigua puerta de hierro forjado se cerró, encerrándolos en el compartimento.

Por fin la tenía para él solo, lejos de las cámaras y de la gente que deseaba acercarse a ella porque llevaba su anillo. Desde niño había odiado el aislamiento que su padre les había impuesto, pero en aquel momento no le importaba en absoluto.

Duarte pulsó el botón para detener el ascensor entre dos pisos y volvió a sacar el iPhone del bolsillo para leer un mensaje.

–¿Qué ocurre? ¿No vamos a la suite?

–Enseguida –murmuró él. Tenía que comprobar si el problema de seguridad había sido resuelto para estar tranquilo–. Vamos a quedarnos aquí hasta que Javier me diga que todo está solucionado.

Se había dado cuenta de que la resistencia de Kate se debilitaba poco a poco, pero no podía pensar en eso ahora. Tenía que llevarla a un sitio seguro y enterarse de quiénes eran los que habían entrado en el hotel y cuáles eran sus intenciones.

–¿Podemos hablar aquí? –le preguntó ella.

–Sí –contestó Duarte, guardando el iPhone en el bolsillo de la chaqueta.

–¿Seguro? ¿No hay micrófonos o cámaras ocultas? Yo sé lo astutos que pueden ser los paparazzi.

–Éste es mi hotel, con mi sistema de seguridad.

–Sí, pero estamos encerrados en un ascensor –replicó Kate, burlona.

Era cierto. Alguien había logrado saltarse las medidas de seguridad. Según Javier, eran un par de actores de segunda fila que habían querido salir en las fotografías, pero aún no habían comprobado si la historia era cierta.

–Javier está custodiando a dos personas, pero aún no sabemos qué motivos tenían para entrar aquí.

–¿Entonces la crisis ha pasado?

–Pronto lo sabremos. Están interrogándolos ahora mismo.

Ahora que el asunto de seguridad había dejado de tener importancia, otros sentidos despertaron a la vida, llevándole su perfume, el suave movimiento de sus pechos cada vez que respiraba.

–¿Estás enfadado?

–No, no lo estoy. ¿Por qué?

–Porque te has puesto muy serio. Pero da igual, un príncipe enfadado es más fácil de resistir que un príncipe encantador.

Duarte dio un paso adelante.

–¿Te parezco irresistible?

Kate levantó las manos para ponerlas sobre las solapas del esmoquin.

–Debo admitir que tienes cierto encanto.

–Me alegra saberlo.

–Bueno, ¿qué hacemos aquí?

–Esperando que Javier me diga que podemos salir –Duarte rozó su cuello con los labios.

–¿Y ese espejo? ¿Seguro que es un espejo normal? Podría ser como los de las comisarías…

–Sigues pensando como una reportera –Duarte pasó los nudillos por su clavícula y Kate tuvo que disimular un suspiro.

–No, más bien pienso como la paranoica prometida de un príncipe. A menos que quieras que alguien nos haga fotografías besándonos en el ascensor, claro. Supongo que así creerían que el compromiso es auténtico.

–Lo que me gustaría hacer ahora mismo va mucho más allá de unos besos y no quiero que lo vea nadie más que yo. Pago muy bien a mi equipo de seguridad, éste es mi territorio –murmuró él, buscando sus labios–. Aunque tienes razón, siempre es buena idea comprobar los espejos. Éste está colgado en la pared del ascensor, no montado. Y cuando presionas… ¿lo oyes? No suena hueco. Es un espejo normal en el que puedo mirar tu preciosa espalda.

–Duarte… –Kate se mordió los labios.

–Aunque no necesito ver tu reflejo cuando lo que tengo delante es tan provocador –siguió él, besando su cuello.

Y entonces sintió que Kate acariciaba su espalda con manos urgentes, insistentes.

Exigentes.

Duarte enredó los dedos en su pelo y los pendientes cayeron al suelo.

–Los pendientes… –murmuró Kate sobre sus labios.

–Los encontraremos después, no te preocupes.

Al demonio con los pendientes y con cualquier cosa que no fuera ella. Duarte se sentía borracho de Kate. No recordaba cuándo había deseado tanto a una mujer, tal vez nunca. La había conocido tres días antes y en esos tres días el deseo que sentía por ella se incrementaba con cada segundo.

Nunca había conocido a nadie como Kate.

Su iPhone sonó en ese momento, pero Duarte decidió ignorarlo mientras buscaba sus labios, ardiendo de deseo.

–¿No vas a contestar? Podría ser Javier… o algo más importante aún –dijo Kate–. Me has dicho que tu padre está enfermo y…

Las palabras de Kate lograron romper la niebla que envolvía su cerebro. Por supuesto que debía contestar, ¿en qué estaba pensando?

Pero cuando sacó el iPhone del bolsillo y miró la pantalla se le encogió el estómago.

–¿Pasa algo? –le preguntó Kate.

–Era mi hermano Antonio –Duarte pulsó el botón del ascensor, preparándose para lo peor: que su padre hubiera muerto–. Vamos a la suite. Tengo que devolverle la llamada.

***

76

En el vestidor de la suite, del tamaño de un apartamento, Kate se quitó el vestido de princesa y lo colgó con cuidado en una percha, junto con el resto de su extravagante vestuario.

Duarte le había pedido que lo dejara solo un momento para hablar con su hermano y Kate decidió cambiarse de ropa. Pero la angustiaba pensar en la noticia que podría estar escuchando en ese momento.

Le gustaría estar a su lado para consolarlo si había ocurrido lo peor, pero sin la menor duda el orgulloso príncipe no querría su consuelo. Aparentemente, Duarte dejaba las emociones sin control para los encuentros en los ascensores.

Y aún temblaba al recordar sus caricias. En ropa interior, también de color champán, y con los pendientes que habían recuperado del suelo del ascensor, la brisa del aire acondicionado la hizo sentir un escalofrío.

Qué diferente habría sido aquella noche si Duarte no hubiera recibido esa llamada. La cosa no habría quedado en unos besos, eso seguro. En aquel momento podrían estar viviendo su fantasía de hacer el amor en un ascensor…

O allí, en la habitación, con él quitándole las medias poco a poco.

¿Qué iba a pasar ahora?, se preguntó. ¿Se marcharían de inmediato o dormirían allí?

Su móvil sonó entonces y Kate se sobresaltó. Jennifer. No habían hablado en todo el día y había prometido llamarla…

–¿Jennifer?

–No, me temo que no –contestó una voz al otro lado. Era Harold, el editor de *Global Intruder*.

–¿Hay alguna emergencia, jefe? Porque es un poco tarde para llamar, ¿no crees?

–Ahora que eres famosa no es fácil dar contigo. Espero que no te hayas olvidado de los amigos.

Dejándose caer sobre el borde de la cama, Kate suspiró.

–Ya te he explicado que a mi prometido no le importa que hable contigo, pero no quiero contar nada que no deba contar.

Afortunadamente, no le había contado sus planes de colarse en la suite de Duarte en Martha's Vineyard. Harold creía, como todo el mundo, que había estado ocultando su relación con el príncipe durante unos meses.

–Pero has estado en esa cena tan exclusiva, ¿no? Me han llegado rumores de que alguien se había colado y esperaba algunas fotografías. ¿Has recibido mi e-mail? ¿Hay algo que no me hayas contado?

–¿Te he mentido alguna vez, Harold? –replicó Kate–. He trabajado mucho para la revista y ahora mismo tal vez necesite unas vacaciones.

Colocándose el teléfono entre el hombro y la oreja, empezó a quitarse una media mientras esperaba la respuesta de su editor.

–Creo que te estas distanciando de nosotros. ¿Has olvidado que pagas tus facturas gracias a mí?

Después de quitarse la otra media, Kate se puso una camiseta ancha.

–Tú sabes cuánto agradezco que me dieras esta oportunidad, Harold. Y también agradezco mucho lo flexible que has sido siempre –le dijo. Era cierto, Harold se había portado bien y podría necesitar ese trabajo si el falso compromiso con Duarte no resultaba creíble–. Pero espero que recuerdes que te doy la información a ti en exclusiva.

–Y tú debes recordar que sé muchas cosas de ti, Kate Harper –el tono de Harold pasó de agradable a amenazador–. Si no recibo las fotos que necesito puedo enviar a un reportero a entrevistar a tu hermana. Tú mejor que nadie deberías saber que ni siquiera un príncipe se puede librar de un reportero de *Global Intruder*.

Capítulo Siete

Con el teléfono en la mano, Duarte paseaba por el salón de la suite. Aunque no era tan grande como la de Martha's Vineyard, Kate y él podrían residir allí cómodamente durante unos días.

Si se quedaban en Washington tras la conversación con su hermano.

–¿Dices que tiene una fiebre muy alta?

–Sí, eso parece.

–¿Y nadie sabe por qué?

Poco tiempo atrás habían descubierto que su padre contrajo el virus de la hepatitis durante su huida de San Rinaldo debido a las pobres condiciones sanitarias y su salud había ido deteriorándose con el paso de los años hasta que no pudo seguir escondiéndoles el problema.

–Me han dicho que sufre una neumonía –respondió Tony–. Y, en sus condiciones, temen que no sea capaz de superarla.

–¿En qué hospital está?

–Seguimos en la isla. Papá insiste en quedarse aquí, con sus médicos. Dice que lo han mantenido con vida hasta ahora y que confía en ellos.

Frustrado, Duarte tomó un atizador de la chimenea y golpeó los troncos, enviando chispas por todas partes.

–Tan cabezota como siempre. Sufre agorafobia, pero su casa es esa maldita isla.

Tony suspiró al otro lado del teléfono.

–Lo sé, pero no podemos hacer nada.

–Muy bien. Entonces, iremos directamente a la isla… cuando deje de nevar. Washington se ha convertido en un paisaje navideño –dijo Duarte. No había pensado ir hasta unas semanas más tarde, pero no podía dejar a Kate allí–. Tal vez conocer a mi encantadora prometida le dará el empujón que necesita.

–Parece animarse un poco cuando Shannon y yo le hablamos de nuestros planes de boda –Tony había pedido a Shannon en matrimonio sólo unas semanas antes, pero la pareja no quería esperar para casarse.

Duarte se había llevado una sorpresa al saber que habían elegido la isla para la ceremonia, pero Tony decía que era el lugar más seguro para hacerlo y tenía razón. La isla era el único sitio al que los paparazzi no podían llegar. Afortunadamente, tanto su hermano como Shannon habían aceptado que hubiera una periodista en la ceremonia… una periodista que enviaría información controlada por él.

Global Intruder jamás hubiera sido su primera elección, o la última, pero se había resignado pensando que Kate podría servir como jefa de prensa.

¿Y si pudiera ofrecerle un puesto mejor?

Duarte cortó tal pensamiento de raíz.

Tras la boda Antonio, Kate volvería a su vida y él a la suya.

¿Y por qué le molestaba tanto pensar eso? La había conocido sólo unos días antes. Tony llevaba meses saliendo con su prometida y todo el mundo pensaba que se habían comprometido demasiado rápido.

Duarte dejó el atizador de la chimenea en su sitio.

–Enhorabuena, hermano –le dijo, mirando la puerta tras la que estaba su *prometida*–. Te felicitaré en persona cuando llegue a la isla.

–Tal vez ese falso compromiso tuyo anime un poco a papá. Y entonces podrás decirle adiós a esa chica.

–¿Por qué crees que el compromiso es falso?

¿Y por qué demonios había preguntado eso?

–Oye, no nos vemos todas las semanas, pero hablamos de vez en cuando y no me habías dicho que salieras con nadie… especialmente con la persona que nos ha causado tantos problemas.

–Tal vez por eso no te lo conté. Salir con Kate no es precisamente lo más sensato que he hecho en mi vida.

Y eso era decir poco. Pero había llegado a un acuerdo con Kate y no pensaba dar marcha atrás.

–Si te hubiera pedido opinión seguramente no me habría gustado la respuesta.

–¿Entonces de verdad tienes una relación con ella? ¿Te has enamorado de esa chica?

Debería contarle la verdad, pensó Duarte. Tony él no tenían una relación muy estrecha desde que eran adultos, pero cuando eran niños sólo se tenían los unos a los otros y habían compartido tantas cosas…

Sin embargo, por alguna razón, no era capaz de hacerlo.

–Como te he dicho, estoy prometido. Y cuando la conozcas lo entenderás.

–Salir con periodistas no es algo que suelas hacer. ¿Seguro que no lo haces para fastidiar a papá?

Dejándose caer sobre un sillón, y poniendo un pie sobre el sofá, Duarte se preguntó si Tony tendría razón. Pero no, no podía ser. Eso le daría a su padre demasiado control sobre su vida.

Estar con Kate era algo mucho más complicado de lo que había creído y, desde luego, mucho más complejo que una simple rebelión adolescente contra su padre.

–¿Qué sabes de Carlos?

Su hermano mayor siempre había sido el más reservado, por completo inmerso en su trabajo como cirujano. Podrían tardar horas en dar con él porque las operaciones de cirugía reconstructiva que practicaba a niños solían durar mucho tiempo.

–Ya sabes que es un adicto al trabajo, pero dice que irá a la isla para la boda y que llamará a papá en cuanto pueda.

–Espero que pueda pronto.

–Y yo espero que papá aguante hasta que Carlos decida dejar a sus pacientes durante unos días. Había pensado adelantar la boda, pero…

–Papá insiste en que no cambies tus planes –lo interrumpió Duarte.

Enrique Medina de Moncastel era un hombre muy obstinado y no le gustaban las sorpresas. Por cuestiones de seguridad, prefería que la vida fuese lo más ordenada posible.

Tony siguió hablando sobre los detalles de la boda, pero cuando empezó a hablar sobre arreglos florales Duarte decidió tomarle un poco el pelo…

Hasta que Kate entró en el salón con una camiseta que le llegaba por la rodilla.

–Te llamaré mañana para decirte cuándo llegamos, Tony. Ahora tengo que colgar.

Descalza, Kate se dirigió al saloncito que conectaba las dos habitaciones. Debería haberse ido a dormir después de su tensa conversación con Harold, pero la amenaza de publicar fotografías de su hermana la había dejado angustiada.

Se había mostrado fría al teléfono, pero cortó la conversación en cuanto le fue posible para no perder los nervios con su editor.

Y ahora, casi sin darse cuenta, se dirigía al salón porque necesitaba la tranquilidad de Duarte.

–Siento que mi ayudante olvidase encargar ropa de cama –se disculpó él–. ¿Esa camiseta es del hotel?

–No, es mía. La guardé en la funda de una de mis cámaras antes de salir de casa. ¿Qué te han dicho? ¿Tu padre está bien?

–No, la verdad es que está peor. Ahora tiene neumonía… puedes contárselo a tu editor si quieres.

Kate hizo una mueca. Le dolía que pensara que sólo lo había preguntado por eso. Parecía tan distante con el esmoquin, frente al elegante papel pintado de la habitación. Pertenecían a dos mundos bien distintos, eso era evidente.

–No estaba pensando en mi trabajo, lo he preguntado porque parecías preocupado.

–Gracias.

–¿Qué piensas hacer?

–Vamos a hablar de otra cosa, Kate.

¿De qué podían hablar? Ella no estaba de humor para una conversación superficial. ¿Durante cuánto tiempo podían hablar de los cuadros de la suite cuando sólo podía pensar en Jennifer?

–¿Te ocurre algo? Pareces disgustada.

¿Estaba evitando el tema porque no confiaba en ella? Por el momento, Kate decidió seguirle la corriente y preguntar por su padre más tarde.

–Estoy un poco preocupada por Jennifer –respondió, mirando el fuego de la chimenea.

–¿Por qué?

–Me preocupa lo que podría pasar si alguien decidiera publicar algo sobre ella. Debo admitir que estar al otro lado de las cámaras es más complicado de lo que yo pensaba.

–Nadie podrá entrevistarla –dijo Duarte–. Nadie la molestará, te lo prometo.

Si todo fuera tan sencillo...

–Los dos sabemos que no podré contar con esa protección para siempre.

–Cuando hayas publicado las fotografías de la boda, tú misma podrás contratar a alguien de seguridad.

Era lógico que no confiase en ella, pensó Kate entonces. Había estado persiguiéndolo desde el principio para hacerle fotografías sin pensar en lo que eso significaba para él y para su familia.

Pero ahora lo entendía bien porque, sin darse cuenta, ella misma había puesto en peligro a su hermana...

Duarte se levantó para pasarle un brazo por los hombros.

–¿Necesitas un albornoz?

El aroma de su colonia masculina la envolvió, tan tentador como el abrazo.

–¿Tan fea es la camiseta?

–No, tú estás preciosa te pongas lo que te pongas –Duarte la miró con el mismo deseo con que la había mirado en el ascensor–. Sólo me preocupa que tengas frío.

–No, estoy bien... gracias.

El calor de su cuerpo era tan agradable que no pudo evitar inclinarse un poco hacia él... y los brazos de Duarte se cerraron sobre su cintura.

Sin pensar, Kate le echó los brazos al cuello. No recordaba haberse sentido tan atraída por un hombre en toda su vida. Claro que Duarte no era un hombre normal.

Él abrió sus labios con los suyos mientras la aplastaba contra su pecho, el roce del pantalón sobre sus piernas desnudas haciendo que deseara un contacto más íntimo. Sin apartarse, Kate tiró de su corbata para dejar claro dónde iba aquello.

Su vida se había complicado de tal modo que no era capaz de negarse a sí misma unas horas de felicidad, aunque fuese robada.

Cuando por fin le quitó la corbata y la camisa,

después de lo que le pareció una eternidad, tiró de su camiseta para ver los poderosos músculos de su torso.

La lámpara del techo le daba un brillo dorado a su piel, pero él no necesitaba una iluminación especial para parecer un dios. Duarte Medina de Moncastel era un hombre increíblemente atractivo.

Sin decir nada, Kate deslizó las manos por su torso, el contacto de sus dedos con el vello oscuro electrificándola. Descubrir lo que escondía bajo la ropa hacía que todo fuese tan increíblemente íntimo.

Sin pensar, bajó las manos hasta el elástico del pantalón, pero Duarte la detuvo.

–Podemos dejarlo ahora mismo, si quieres. Pero si vamos hasta el final, no quiero preguntas o problemas. Esto no tiene nada que ver con tu trabajo o con mi familia.

Kate lo miró a los ojos.

–¿No vas a amenazar con demandarme por allanamiento de morada?

Aunque era una broma, sabía en su corazón que Duarte nunca lo hubiera hecho. Tal vez porque la atracción que había entre ellos lo había pillado desprevenido.

Duarte hizo una mueca.

–Quiero acostarme contigo, Kate –el bulto que notaba contra su estómago lo demostraba, no tenía que decirlo–. Y ahora que parece que estamos de acuerdo necesito saber que lo haces porque quieres. Tienes suficiente información sobre mí y sobre mi familia como para conseguir un buen cheque, así que puedes irte si quieres.

Debería hacerlo, tenía razón. Pero su vida nunca volvería a la normalidad después de esos días. Marcharse ahora o hacerlo tres semanas más tarde no cambiaría nada y no haría que Jennifer estuviera a salvo.

Y acostarse con Duarte esa noche era algo inevitable.

–No creo que pudiera irme con esta camiseta, ¿no te parece?

Él la miró de arriba abajo, el calor de sus ojos despertando una fiera respuesta.

–Lo digo en serio, en caso de que no te hayas dado cuenta.

–Sería imposible no darse cuenta. Aunque, por si no lo sabes, yo también hablo en serio.

–¿Cuándo descubriste que no iba a darle a nadie esa cinta de seguridad?

–Hace unos minutos.

Al escuchar la amenaza de Harold, Kate se dio cuenta de quién era el malo de la película. Duarte era duro, pero no mezquino y si hubiera querido demandarla lo habría hecho desde el principio.

–No hablemos de nada que no seamos nosotros. Necesito estar contigo esta noche, sólo tú y yo... sin pensar en tu apellido, en mi trabajo o en ninguna otra cosa. Esto es absolutamente privado.

–Entonces sólo queda una cosa que hacer –Duarte deslizó las manos hasta sus caderas–. ¿Tu cama o la mía?

Kate lo pensó un momento antes de decidirse.

–No quiero que esto se convierta en un juego de poder. Vamos a encontrarnos aquí o en un sitio neutral.

El simbolismo de no elegir una cama u otra funcionaba para ella, de modo que esperó que Duarte diera su veredicto.

–Me parece bien –murmuró, tirando de su camiseta para dejarla con el sujetador y las braguitas de color champán.

Por alguna razón, aquel príncipe increíblemente guapo se excitaba tanto al mirarlo como lo hacía ella.

Incrédula, casi pensando que se había quedado dormida en la habitación, alargó una mano para tocar su torso y le pareció como si hubiera recibido una descarga eléctrica. Aquello era real. Él era real.

Y aquella noche era suya.

Esta vez, cuando bajó la mano hacia el elástico de su pantalón, Duarte no la detuvo. El ruido de la cremallera pareció hacer eco en la habitación, junto con el crepitar de los leños en la chimenea. Unos segundos después, los dos estaban desnudos.

–Ahora ninguno de los dos lleva nada –murmuró, apretándola contra su torso, piel con piel. Cayeron sobre el sofá, abrazados, acariciándose con manos ansiosas.

Kate siguió con la mirada el movimiento de su mano y vio que tomaba un preservativo de una mesita. Afortunadamente, al menos uno de los dos estaba pensando con la cabeza.

Duarte entró en ella y, mientras se acostumbraba a la invasión, clavó las uñas en sus hombros, arqueándose para recibirlo mejor.

Duarte se sujetaba al brazo del sofá con una mano para no aplastarla, la otra detrás de ella. Kate empezó a mover las caderas y él, entendiéndolo como una señal, siguió con el ritmo que habían empezado, primero en el salón de baile, luego en el ascensor y ahora allí.

Kate enterró la cara en su torso para respirar su aroma mientras él la besaba en el pecho, en el cuello, en la cara, el roce de su barba aumentando el placer del encuentro. Había sabido desde el principio que no tardaría mucho en caer en la tentación... pero no sabía lo maravilloso que iba a ser.

Jadeando, envolvió las piernas en su cintura, pero una de sus rodillas chocó contra el respaldo del sofá...

–Tranquila, yo te sujeto –dijo él, mientras caían sobre la alfombra.

Se había dado la vuelta a toda prisa y Kate quedó sobre él, con una pierna a cada lado de su cuerpo, notando el roce de la alfombra en las rodillas. Duarte apretó su trasero, guiándola hasta que volvieron a encontrar el ritmo.

¿Le temblaban ligeramente las manos? Kate lo miró y vio cómo se marcaban los tendones de su cuello, como si estuviera haciendo un gran esfuerzo para contenerse.

Como en un sueño, lo oía decir cuánto la deseaba, cuánto la había deseado desde que la vio.

Ella intentaba contestar, pero no era capaz de formar una frase coherente.

Duarte deslizó una mano entre los dos para acariciar su clítoris. Dudaba que necesitase ayuda para terminar, pero disfrutó de las caricias de todos modos.

Con cuidado, con precisión, hacía círculos sobre el capullo escondido entre los rizos, usando la presión perfecta, llevándola casi hasta el final y apartándose luego para volver a empezar.

Kate dejó escapar un gemido mientras él sujetaba sus caderas para empujar por última vez, haciendo que viera estrellitas tras los párpados cerrados hasta que por fin cayó sobre su pecho, agotada y sudorosa.

Duarte acariciaba su pelo, respirando con dificultad. Debería apartarse, pensó ella, y lo haría en cuanto pudiera moverse.

Cuando lo miró, pensó tontamente que sus facciones tenían la marca de su noble linaje. Ni siquiera entre sus brazos después de hacer el amor podía olvidar quién era aquel hombre. Porque no estaba a su alcance, pensó.

Estar con él era diferente, tanto que temió no volver a sentir lo mismo con ningún otro. ¿Pasaría el resto de su vida comparando a los demás con él?

Y si había hecho tal impacto en su vida en menos de una semana, ¿qué ocurriría si pasaba todo un mes con Duarte?

Capítulo Ocho

Con la luna escondiéndose en el horizonte, Duarte tomó a una dormida Kate en brazos para llevarla a su dormitorio.

No habían dicho nada después de aquel impulsivo encuentro, pero se habían acercado a la chimenea para seguir acariciándose y, después, ella se había quedado dormida.

Duarte miró la pulserita que llevaba en el tobillo, aquella sencilla pieza hecha de lana y bolitas de plástico. Una vez le había preguntado por qué no se la quitaba nunca y ella contestó que se la había hecho Jennifer como amuleto. Duarte no se consideraba un sentimental, pero eso lo había conmovido, que la llevase cuando su hermana nunca sabría si lo hacía o no, decía mucho sobre Kate.

Con cuidado, la dejó sobre la cama y miró hacia la puerta. Debería comprobar sus mensajes y hacer planes para viajar a la isla al día siguiente, pero no se movió.

Mirar a Kate mientras dormía era demasiado excitante. De modo que se sentó al borde de la cama para observar su pelo extendido sobre la almohada, recordando los sedosos mechones entre sus dedos...

Había conseguido lo que quería y debería estar

celebrándolo. Pero desde el momento que estuvo dentro de ella supo que una vez no iba a ser suficiente con Kate.

La deseaba de nuevo, recordándola lo apasionada y desinhibida que había sido unas horas antes. Podría estar mirándola toda la noche…

¿Por qué no le había dicho que iban a la isla? Tal vez porque después del impulsivo beso en el ascensor había intuido que iban a dar un paso más, pero necesitaba que Kate lo deseara tanto como él. Sin embargo, en lugar de facilitar las cosas, hacer el amor las había complicado más.

Kate levantó un brazo en gesto de abandono y pestañeó un par de veces antes de clavar los ojos en él.

–¿Qué hora es?

–Las cuatro de la mañana.

–¿Has sabido algo más sobre tu padre? –Kate se sentó en la cama, cubriéndose con la sábana.

–No, nada nuevo –Duarte tragó saliva al pensar en un mundo sin la presencia de su padre–. Pero voy a dejar en suspenso el resto del viaje por Estados Unidos para ir a verlo… por si acaso.

–Me parece buena idea –Kate se abrazó las rodillas.

–Mi oferta de que hagas unas cuantas fotografías y te marches sigue en pie.

–¿Me estás pidiendo que me marche?

Él dejó escapar un suspiro.

–No, no, te quiero aquí, conmigo. Pero debes saber que cuando lleguemos a la isla tu vida cambiará para siempre. Ser parte de mi círculo hará que la gente te trate de otra manera. Incluso después de que te vayas, ya nada será igual.

Kate lo miró, pensativa.

–Me gustaría hacerte una pregunta.

Él tragó saliva. ¿Podría decirle adiós cuando el aroma de su piel seguía tentándolo?

–¿Qué quieres saber?

–¿A qué hora nos vamos?

El alivio que sintió hizo que se preguntara cómo podía aquella mujer haberse convertido en alguien importante para él en tan poco tiempo.

–Nos iremos por la mañana, cuando haya pasado la tormenta.

Con el sonido de los motores del avión como telón de fondo, Kate apoyó la cabeza en el torso de Duarte, sus ropas tiradas por el suelo del compartimento que hacía las veces de dormitorio.

Había hecho fotografías en el interior del avión, con dormitorio y despacho incluidos, pensando que daban una idea muy clara sobre el mundo de los Medina de Moncastel. Y descubrió que su cámara estaba menos interesada en el jet privado que en el propio Duarte, como si pudiera capturar su esencia sólo con mirarlo a través de la lente. Pero mirarlo a través de la cámara no había sido suficiente y se abrazaron sin decir nada, dejando sus asientos para ir al dormitorio.

Sí, estaba usando el sexo para no pensar y sospechaba que Duarte hacía lo mismo.

Iban hacia una isla en alguna parte con las cor-

tinillas del avión cerradas, aunque no hubiera podido decir hacia dónde se dirigían en cualquier
caso. Duarte sólo le había dicho que iban a un cli-
ma más cálido.

¿Cómo iba a informar sobre un hombre con el
que se acostaba?, se preguntó entonces. ¿Debería
haber aceptado su oferta de marcharse?

Él puso un dedo sobre su ceño fruncido.

–¿Qué te preocupa?

–Nada –contestó ella–. Nunca había hecho el
amor en un avión.

–Yo tampoco –dijo Duarte–. ¿Por qué me miras
así?

–Porque me sorprende. Pensé que lo habrías
hecho con alguna de esas mujeres con las que sólo
has tenido una relación de tres meses.

–Pareces tener muchas nociones preconcebidas
sobre mí. Creí que los periodistas debían ser objetivos.

–Y lo soy, la mayoría del tiempo. Pero es que tú
eres… bueno, no lo sé.

Era diferente, pero decírselo le daría demasiado
poder sobre ella. ¿Estaba siendo injusta con Duarte por miedo? ¿Estaba sacando conclusiones ba-
sándose en la imagen de aristócrata privilegiado?

Kate saltó de la cama y tomó su ropa interior
del suelo mientras él acariciaba su espina dorsal.

–Háblame del hombre que te rompió el corazón.

–No es lo que tú crees –Kate sonrió mientras se
ponía las braguitas y el sujetador–. Ningún novio
me ha roto el corazón.

–¿Tu padre entonces?

Después de ponerse un vestido con mangas estilo kimono, Kate se dio la vuelta para mirarlo.

–No era un hombre malo o un padre abusivo, es que… le daba igual –la indiferencia de su padre la había hecho sentir muy sola, pero no le gustaba hablar de ello–. No importa tanto por mí como por mi hermana. Jennifer no lo entiende y es lógico ¿Cómo va a entenderlo? Se marchó y no volvió nunca.

–¿Dónde está ahora?

–Su mujer y él viven en Hawai, donde no hay ninguna posibilidad de encontrarse con nosotras.

–Ah, ya, el tipo de hombre que envía cheques pero no quiere involucrarse para nada, imagino –cuando Kate no contestó, Duarte puso una mano en su hombro–. Tu padre os ayuda económicamente, ¿verdad?

–No, en absoluto. Cuando Jennifer cumplió dieciocho años firmó un documento renunciando a su paternidad. Iban a llevar a mi hermana a una residencia estatal porque no puede vivir sola, pero yo no podía dejar que eso pasara. He visto algunas de esas residencias y…

–¿Has pensado denunciar a tu padre? Es su obligación cuidar de tu hermana.

–No, ¿para qué? –Kate se encogió de hombros–. No quiero volver a verlo nunca. Jennifer y yo estamos bien… nos las arreglaremos.

Él la miró, sorprendido.

–Pero tu padre debería ayudar a pagar la residencia. Así no tendrías que escalar balcones para pagar las facturas.

–Yo haría cualquier cosa por mi hermana.

–Incluso acostarte conmigo.

Kate lo miró, perpleja. Su tono, helado, la había hecho sentir un escalofrío. ¿De verdad la creía tan calculadora? Lo que habían compartido no había sido especial para Duarte si pensaba tan mal de ella.

Dolida, lo miró a los ojos.

–Estoy aquí porque quiero estar aquí.

–¿Pero te hubieras acostado conmigo para cuidar de tu hermana?

–Dile al piloto que dé la vuelta, quiero irme a casa.

–Oye, no… –Duarte levantó las manos en un gesto de derrota–. No te estoy criticando. No te conozco lo suficiente como para juzgarte, por eso te pregunto.

–Muy bien, de acuerdo. No ha pasado nada.

–¿Tu padre te ha llamado al ver que aparecías en los periódicos? La gente suele intentar pegarse cuando creen que pueden tener acceso a una familia como la mía.

–No he sabido nada de él –dijo Kate. Aunque ahora que Duarte lo había mencionado, dejaría que saltara el buzón de voz si a su padre se le ocurría llamar–. Aparte de alguna tarjeta navideña, no hemos sabido nada de él. Imagino que eso es mejor que dejarlo entrar y salir de nuestras vidas cada tres por cuatro.

Duarte tiró de su mano para abrazarla.

–Tu hermana tiene suerte de contar contigo.

–Las dos somos afortunadas de tenernos la una

a la otra –Kate se apartó, negándose a dejarse distraer por sus caricias.

Aquella conversación le recordaba demasiado bien que apenas sabían nada el uno del otro. Ella conocía bien a su padre y se había llevado una triste sorpresa cuando abandonó a su hermana. ¿Qué sorpresas amargas habría detrás del atractivo rostro de Duarte?

–Bueno, dejaremos esta conversación para más tarde porque falta poco para aterrizar. ¿Quieres echar un vistazo a la isla?

–¿Ha terminado el secreto?

–No revelar el sitio en el que vamos no es mi decisión –dijo Duarte, levantando la cortinilla.

Kate se acercó para mirar. Veía una isla con palmeras en medio de kilómetros y kilómetros de océano. Todo era muy verde, totalmente diferente al invierno helado que habían dejado atrás. Había una docena de edificios formando un semicírculo alrededor de uno más grande, que debía ser la casa principal: una mansión blanca frente al mar en forma de U, con un enorme jardín y una piscina. No podía verlo todo con detalle desde allí, pero pronto estaría en el sitio en el que Enrique Medina de Moncastel había vivido recluido durante más de veinticinco años, una jaula dorada por decirlo así. Incluso a distancia se daba cuenta de que la mansión era tan impresionante como un palacio.

El avión empezó a descender sobre una islita paralela a la isla grande, dirigiéndose a un aeropuerto con una sola pista de cemento y dos avionetas frente al hangar. Atracado en el muelle podía ver un ferry… para llevarlos a la isla principal tal vez.

El piloto anunció entonces que iban a aterrizar y poco después subían al ferry que los llevaría a la isla. Kate, con la cámara colgada al hombro porque Duarte le había pedido que no hiciera fotografías por el momento, se limitó a admirar el paisaje. Un delfín los escoltaba, nadando alegremente delante del ferry y sumergiéndose de nuevo para volver a salir a la superficie. Aquello parecía una imagen del *National Geographic*… hasta que miró con más atención y vio una torre de vigilancia.

Había un guardia de seguridad en el muelle, al lado de un pequeño grupo de gente que había ido a recibirlos. Reconoció a un hombre y una mujer que habían salido frecuentemente en la prensa últimamente…

–Son tu hermano Antonio y su prometida, ¿verdad?

Duarte asintió con la cabeza.

De modo que ésa debía ser la boda de la que le había hablado. Ella misma había intentado encontrar más información sobre el príncipe y su novia, una joven camarera, pero no logró encontrar mucho. Aparentemente, Alys no se lo había contado todo.

Los dos hermanos tenían el mismo pelo oscuro, aunque el de Antonio era más largo y un poco rizado en las puntas. Duarte tenía cuerpo de atleta mientras en el caso de Antonio, casi podría jurar que había hecho lucha libre o boxeo.

Cuando el ferry llegó al muelle vio a Javier Gómez-Cortés con una mujer a su lado. Pero no podían haber dejado que su prima Alys siguiera en la isla después de haberlos traicionado. Aunque estaban dejando entrar a una periodista…

Duarte puso una mano en su espalda para ayudarla a bajar del ferry.

–Ha venido alguien a verte.

Kate guiñó los ojos cuando Javier se apartó… ¿Jennifer?

Incrédula, se volvió para mirar a Duarte y él se limitó a sonreír, como si fuera algo normal haber llevado a su hermana allí sin consultarle a ella. Aunque Jennifer parecía muy contenta mientras la llamaba desde el muelle. Con el pantalón vaquero y la camiseta, su coleta moviéndose con la brisa, podría ser una universitaria de vacaciones.

Físicamente, no había ninguna señal de su problema, pero Kate sabía muy bien lo vulnerable que era.

Una vulnerabilidad que la asustó más que nunca al darse cuenta de lo fácil que sería para cualquiera secuestrarla. ¿Cómo iba a marcharse al otro lado del mundo para hacer su trabajo sin preocuparse por su hermana? ¿Y si había sido su editor quien la llevó allí?

Kate quería a Jennifer más que nadie en el mundo y la protegía como si fuera su madre.

¿Cómo se atrevía Duarte a sacar a Jennifer de la residencia sin contar con ella?

Kate intentó contener su furia. Hacer una escena delante de Jennifer sólo serviría para asustar a su hermana.

Jennifer se echó en sus brazos en cuanto bajó del ferry.

–Katie, ¿te has llevado una sorpresa? Aquí no está nevando, como en casa. ¿Podemos nadar aunque sea el mes de enero?

Kate se obligó a sí misma a sonreír.

–Puede que haga un poco de frío para eso, pero podemos ir a dar paseos por la playa. Espero que hayas traído zapatillas de deporte.

–Él me ha dicho que aquí tengo de todo –Jennifer señaló a Javier–. Me lo dijo cuando fue a buscarme al colegio. Y vine en avión y tenían mi película favorita. Son muy simpáticos.

Duarte le presentó a todo el mundo y eso evitó que tuviera que mirarlo.

Podría parecer un gesto considerado, pero debería haberlo consultado con ella. Imaginar a su hermana con gente a la que no conocía de nada le daba pánico.

Y la residencia… ¿cómo podían haberla dejado ir sin llamarla antes por teléfono?

Evidentemente, Duarte Medina de Moncastel creía que podía hacer lo que le diese la gana. Pero ella no iba a formar parte de la lista de mujeres rechazadas a los tres meses porque le diría adiós en cuanto se hubieran cumplido los treinta días de su acuerdo.

Capítulo Nueve

Duarte no sabía por qué estaba tan enfadada, pero Kate se mostraba fría con él desde que llegaron a la isla. Sabía que la conversación sobre su padre la había hecho sentir incómoda, pero no entendía su enfado.

Había esperado que ver a su hermana allí la hiciera feliz, pero se había equivocado y tenía intención de descubrir por qué.

Dos vehículos esperaban en el muelle, como estaba previsto. Las mujeres irían a la casa en una limusina mientras Tony y él iban a la clínica en el Porsche Cayenne para visitar a su padre.

Observando a Jennifer, Duarte se quedó sorprendido por el parecido que había entre las dos hermanas. Las dos tenían el pelo del mismo tono castaño, el fuerte sol de la isla dándole reflejos de color caramelo. Pero lo más evidente era cuánto quería Jennifer a su hermana y lo protectora que era Kate con ella.

Había hecho bien llevándola allí, pensó, porque en la isla podía ofrecerle los cuidados que su padre le había negado.

–Javier os llevará a la casa y Shannon os ayudará a instalaros mientras yo voy con Tony a la clínica. Si necesitáis cualquier cosa, sólo tenéis que pedirlo.

Después, le dio un beso a Kate en la mejilla, haciendo su papel de atento prometido, y Jennifer enseguida tomó del brazo a su hermana.

–Enséñame el anillo…

Duarte se volvió hacia su hermano por primera vez desde que llegaron a la isla.

–¿Algún cambio?

–Le ha bajado la fiebre –contestó Tony–, pero el problema del hígado sigue sin estar resuelto.

Duarte asintió con la cabeza mientras subían al coche.

–¿Se ha considerado la idea de un trasplante?

–Papá no quiere ni hablar del asunto. Para empezar, tendría que salir de la isla y los médicos no se ponen de acuerdo sobre si es o no un buen candidato para un trasplante.

–¿Y qué hacemos, esperar a que muera? –Duarte sacudió la cabeza mientras miraba por la ventanilla.

Enrique se había convertido en un recluso, pero había construido un mini-reino en la costa de Florida. Cuando llegó allí de niño, aquella jungla tropical le había parecido el refugio perfecto. Solía escaparse de los guardias de seguridad y correr por la playa hasta que no podía más. Más tarde se dio cuenta de que hacía eso para combatir el dolor por la muerte de su madre. Incluso había estudiado artes marciales con la intención de volver algún día a San Rinaldo y vengarse de los que la asesinaron. Pero cuando se hizo mayor supo que eso no iba a pasar. Su única venganza consistiría en no dejar que ganasen. Él nunca sería conquistado.

Y creía que su padre había tomado la misma decisión.

Duarte hizo un esfuerzo para concentrarse en las palabras de su hermano.

–Él no quiere saber nada de un trasplante y, además, primero habría que encontrar un donante.

–Eso significa que nosotros deberíamos hacernos pruebas. Tengo entendido que se pueden hacer trasplantes de un donante vivo –dijo Duarte.

–De nuevo, él se niega. Dice que sería un riesgo absurdo –Tony suspiró, mirando el mar.

–Ya sabes lo obstinado que es.

–Mira quién habla. Me sorprende que hayas traído aquí a Kate Harper y que le hayas dado el anillo de nuestra madre. Tú no eres de los que perdonan fácilmente.

No era el anillo oficial de su madre, ése lo tenía Carlos. De hecho, Duarte casi había olvidado el rubí que solía llevar en la otra mano. De niño jugaba con ese anillo mientras ella le contaba historias de su infancia… Beatriz pertenecía a una familia aristocrática, pero sus padres no eran ricos y siempre había intentado inculcarles el valor del trabajo y la importancia de esforzarse por el bien de los ciudadanos de San Rinaldo.

¿Cómo habría sido la vida si su madre no hubiera muerto?, se preguntó. Pero había muerto y hacerse preguntas era perder el tiempo. Su muerte parecía pesarle más que nunca debido a la enfermedad de su padre y ahora iba a verlo tal vez por última vez.

La clínica, un edifico de una sola planta pintado

de color blanco, tenía un ala de consultas externas y otra que servía de hospital.

Los guardias de seguridad lo saludaron sin moverse de su sitio. No eran tan estirados como los del palacio de Buckingham, pero su dedicación era ejemplar.

Tony le indicó el camino, aunque era evidente al ver guardias armados en la puerta, y Duarte respiró profundamente antes de entrar en la habitación.

El depuesto rey no había pedido nada especial para su estancia allí. No había flores ni nada que pudiese hacer más cómoda su estancia en la clínica. Todo era blanco, estéril. Además de la cama, había un sillón, un carrito para la comida, un ordenador...

Y una cama de hospital.

Ver a su padre en pijama y sin afeitar le dijo lo enfermo que estaba. Además, había adelgazado desde la última vez que lo vio.

—Gracias por venir, hijo mío.

«Hijo mío».

—No tienes que darme las gracias —Duarte le dio una palmadita en el hombro. Su padre nunca había sido particularmente cariñoso y si le diera un abrazo seguramente se asustaría—. Antonio dice que estás respondiendo bien al tratamiento. ¿Cuándo van a hacerte un trasplante?

Enrique lo fulminó con la mirada.

—¿Tú también con eso? No quiero trasplantes.

—Veo que sigues tan cabezota como siempre. Pero no había esperado que te rindieras.

–Sigo vivo, ¿no? Los médicos dijeron que no aguantaría un mes y aquí estoy –protestó su padre–. Pero me aburre hablar sobre mi salud. Quiero que me cuentes algo sobre tu prometida.

Duarte se dejó caer sobre el sillón.

–Ah, de modo que has aguantado para conocerla. Tal vez debería retrasar las presentaciones.

–Si alguno de vosotros me promete un nieto puede que me quede por aquí nueve meses más.

–Es injusto cargar tu salud sobre nuestros hombros.

–Sí, tienes razón –asintió Enrique, sus ojos tan calculadores como siempre a pesar de la enfermedad–. ¿Qué piensas hacer al respecto?

Duarte sopesó sus siguientes palabras. Antonio había heredado el sentido del humor de Enrique y Carlos su ambición.

Él había heredado su capacidad estratégica y, por eso, estaba claro que su padre necesitaba un reto.

–Conocerás a Kate cuando estés lo bastante bien como para salir de la clínica y volver a casa.

Kate había esperado una casa asombrosa, pero nada la había preparado para la opulencia de aquella mansión. Y Jennifer estaba enloquecida, claro.

¿Quién no se quedaría admirado al ver aquellos jardines, aquella residencia palaciega? Jennifer y ella habían crecido en una casita a las afueras de Boston, sin patio ni jardín. Era una casa muy sencilla, pero Kate había pintado el dormitorio de su hermana de color amarillo y se había esforzado mucho en crear un sitio especial para ella, como habría hecho su madre de seguir viva. Y Jennifer lo llamaba «su jardín».

Era comprensible que estuviera tan entusiasmada en aquel sitio lleno de árboles y flores, frente a una mansión tan grande como un hotel.

Ella estaba acostumbrada a los hoteles… claro que normalmente no era escoltada hasta la puerta por un jefe de seguridad. Y, aunque Javier la miraba con recelo, Kate intentó no enfadarse. Al fin y al cabo, era lógico.

La limusina pasó frente a una fuente de mármol y, cuando por fin se detuvo, varios guardias se materializaron como de la nada.

Incluso había un mayordomo esperando al pie de la escalinata. El vestíbulo, de forma circular, estaba dividido por arcos que llevaban a varios salones y apostaría cualquier cosa a que el Picasso que estaba colgado sobre la chimenea era auténtico.

Shannon tocó su brazo.

—Llevarán tus cosas a la habitación, no te preocupes por nada.

—No hemos traído mucho. Duarte me dijo que…

—Aquí tendrías de todo —terminó Shannon la frase por ella—. Vamos al porche, quiero que conozcas a mi hijo.

Kate intentó recordar lo que había leído sobre la prometida de Antonio Medina de Moncastel. Pero sólo sabía que era viuda, que había trabajado como camarera tras la muerte de su marido y que tenía un hijo pequeño.

Cuando salieron al jardín, con una vista fabulosa del mar, un niño corrió hacia ellas y Shannon lo tomó en brazos, riendo.

–Hola, cariño. ¿Lo estás pasando bien?

–¡Sí!

La futura princesa se volvió para mirarlas.

–¿Qué os apetece hacer hoy?

–¿Seguro que no podemos ir a nadar? –preguntó Jennifer, apenada.

–Podrías bañarte en la piscina, está climatizada –sugirió Shannon mientras dejaba a su hijo en el suelo–. También hay un cine, con todas las películas que quieras ver. Y han añadido un spa recientemente… podéis daros un masaje o haceros una manicura y pedicura.

Jennifer empezó a dar palmas, entusiasmada.

–Yo quiero que me pinten las uñas de los pies.

–A mí me encanta que me den masajes en los pies, así que somos almas gemelas.

–¿Qué significa eso?

–Que nos parecemos mucho.

Jennifer inclinó a un lado la cabeza, pensativa.

–Cuando Katie se case con Artie seremos hermanas porque tú vas a casarte con su hermano, ¿no?

–¿Artie? –repitió Shannon.

Kate tuvo que disimular una risita.

–Prefiere que lo llamemos Duarte, Jennifer.

–Ah, bueno.

Ver lo fácil que era para su hermana aceptar a aquellos extraños hacía que se le encogiera el corazón. Eso era precisamente lo que había intentado evitar. Explicar su ruptura con Duarte hubiera sido difícil antes, pero ahora...

Kate dejó escapar un suspiro de irritación.

–Sé que eres tú la que va a casarse con Artie... digo con Duarte –dijo su hermana entonces–. Pero yo me siento como una princesa, Katie.

Duarte había hecho lo posible para dejar atrás sus raíces principescas y hacer su propia vida, pero allí no había forma de escapar. Incluso una cena «informal» era diferente en la isla, pensó al ver el mantel de damasco y las copas de cristal francés en el comedor rodeado de ventanales.

A Kolby le encantaba aquel sitio porque, según él, era como comer en la jungla, con los árboles visibles desde todos los ángulos.

Kate había permanecido en silencio durante casi toda la cena, contestando sólo cuando le preguntaban directamente. Quería creer que era por el cansancio, pero intuía que había algo más.

Después de cenar, subieron a su habitación y Duarte decidió averiguar qué le pasaba.

–A ver, dime.

–¿Decirte qué? –replicó ella–. Ayuda mucho cuando formas frases completas en lugar de ladrar una orden.

Duarte no sabía por qué estaba tan furiosa, pero tenía intención de descubrirlo.

–¿Te importaría decirme por qué estás tan enfadada?

Kate dio un paso adelante.

–No tenías ningún derecho a sacar a mi hermana de la residencia y traerla aquí sin decirme una palabra.

–Pero yo pensé que te alegrarías de verla...

–¿Tienes idea de lo difícil que fue meter a mi hermana en esa residencia? ¿Y si le dieran su plaza a otra persona?

–No te preocupes, eso no va a pasar.

–¡Por favor! –exclamó ella, frustrada–. No puedes controlar mi vida de esa manera. Tú no eres responsable de Jennifer. ¿Cómo conseguiste que la dejaran salir? Si la seguridad es tan desastrosa, tal vez debería llevarla a otro sitio. Estoy pagando una fortuna por tener a mi hermana allí... ¿y si alguien intentara secuestrarla? Por lo visto, sería facilísimo.

–Ya te dije que tendría vigilancia las veinticuatro horas. Había guardias en la residencia... que, por cierto, es un sitio estupendo, como un internado. Te portas muy bien con tu hermana...

–Tardé mucho tiempo en encontrar un sitio donde Jennifer pudiera vivir mientras yo estaba de viaje. No fue nada fácil y ahora tú lo has puesto en peligro –le espetó Kate, furiosa–. No puedo entender que la dejaran salir sin llamarme por teléfono. Es increíble que se la entregaran a unos extraños.

–Yo no soy un extraño, Kate. Y todo el mundo en la residencia sabía que estábamos comprometidos. Mi nombre es muy conocido y Javier actuaba bajo mis órdenes.

–Pero Jennifer no debería estar aquí. Se siente

como una princesa, ella misma me lo ha dicho. ¿Tú sabes lo difícil que va a ser para mi hermana volver a la residencia? No quiero que se acostumbre a este estilo de vida.

Duarte lo entendió entonces.

–*Tú* no quieres acostumbrarte.

Kate negó con la cabeza.

–No es eso. Dentro de tres semanas no volveremos a vernos… y apenas nos conocemos. Sé sincero, Duarte, tú no quieres una relación conmigo y yo tampoco contigo. Esto tiene que terminar. Tenemos que volver al acuerdo original.

–¿Crees que eso borrará lo que ocurrió anoche? ¿Tú lo olvidarás? Porque te aseguro que yo no puedo.

Veía esos mismos recuerdos en los ojos de Kate. La luz de la luna le daba reflejos a su pelo, destacando el profundo azul de sus ojos…

Su vida sería mucho más sencilla sin esa atracción, pero no podía evitarlo.

–No he olvidado un solo segundo –murmuró Kate.

Al ver un brillo de deseo en sus ojos supo que no podría evitarlo. Duarte dio un paso adelante al mismo tiempo que ella y sus bocas se encontraron en un beso apasionado.

Un segundo después, caían sobre la cama.

Capítulo Diez

Duarte siguió besándola sobre la cama. Después de tener su primera pelea, se movía seductora debajo de él, animándolo, excitándolo más mientras hundía los dedos en su espalda.

Sin dejar de besarla, Duarte apartó el edredón y metió las manos bajo su vestido, notando el roce de las sábanas frescas, el algodón egipcio menos suave que su piel.

–Llevamos demasiada ropa –murmuró Kate, apartándose un poco.

Duarte sabía que era una invitación y no pensaba desaprovecharla.

–Deja que te ayude.

Lo había vuelto loco durante todo el día con esas botas altas y, después de quitarle la primera, besó suavemente su pantorrilla. Cuando le quitó la otra, Kate movió los dedos de los pies mientras alargaba una mano para encender la lámpara.

–Te gusta hacerlo con la luz encendida… eso me gusta.

Ella le pasó una pierna por la cintura.

–Típicamente masculino.

–Evidentemente –murmuró él, su erección entre los dos.

–Túmbate.

–Espera, ya llegaremos ahí.

–He dicho que te tumbes –le ordenó Kate–. Tú das muchas órdenes, pero ahora me toca a mí.

–¿Esto es una lucha de poder?

–Te reto a que me entregues tu cuerpo –Kate soltó una carcajada–. ¿O es que el príncipe siempre tiene que controlarlo todo?

Esa pregunta le recordaba que habían discutido, pero no pensaba retomar la discusión por el momento. Sonriendo, Duarte pasó una mano por su brazo.

–¿Qué tienes en mente?

–Si te lo digo, no estarías arriesgándote.

–¿Entonces yo confío en ti y tú confías en mí?

–Tú primero –dijo ella, la mezcla de frialdad y vulnerabilidad ganándolo por completo.

Duarte se quitó la camisa y se dejó caer sobre las almohadas, esperando.

De pie al lado de la cama, Kate tomó el bajo del vestido y fue levantándolo poco a poco, revelando su cuerpo centímetro a centímetro para mostrar las braguitas y el sujetador de color fresa que se había quitado antes en el avión.

Y Duarte tuvo que agarrarse al embozo de la sábana para no lanzarse sobre ella.

Riendo, Kate tiró el vestido por encima de su hombro.

–Te toca a ti –le dijo.

Duarte se quitó el pantalón y los calzoncillos al mismo tiempo para cortar aquel juego de póquer o como ella quisiera llamarlo.

Levantado una ceja, Kate empezó a quitarse el

sujetador y después bajó las manos para quitarse las braguitas, mirándolo con los ojos brillantes mientras ponía una rodilla sobre la cama. Su expresión le decía que quería seguir jugando un rato más y Duarte se quedó inmóvil mientras pasaba los dedos por su torso. Luego, inclinó la cabeza y pasó la punta de la lengua por una de sus diminutas tetillas. Le estaba dedicando toda su atención y él disfrutaba admirando su cuerpo, pero cada vez le resultaba más difícil controlarse…

Cuando por fin rozó su miembro con la mano tuvo que apretar los dientes. Empezó a acariciarlo despacio, mirándolo a los ojos, hasta que no pudo más.

–Kate… –murmuró.

Kate se tumbó sobre él, besando su abdomen, su torso, hasta llegar a sus labios.

–¿Dónde guardas los preservativos?

–En la cartera. Iría a buscarla, pero alguien me ha ordenado que no me moviese. ¿Te importaría…?

Ella se inclinó para tomar el pantalón del suelo, con un brillo travieso en los ojos. Evidentemente, no había terminado de jugar.

Después de ponerle el preservativo se colocó sobre él, introduciéndolo en ella con tan tortuosa lentitud que Duarte estuvo a punto de perder la cabeza.

Incapaz de controlarse un segundo más, levantó las manos para acariciar sus pechos y Kate se apretó contra ellas, los pezones endurecidos. Su inmediata y apasionada respuesta lo excitó como nada lo había excitado nunca.

Kate tomó su cara entre las manos mientras movía las caderas adelante y atrás.

–Me encantaría capturar esa expresión en una fotografía.

–No, ni lo sueñes –murmuró él, buscando su boca.

–Ya sé que es imposible. Me encantaría hacerte una fotografía en este momento, pero lo último que necesitamos es que alguien entre en mi ordenador y encuentre fotografías tuyas desnudo.

–¿Quieres hacerme fotografías pornográficas?

–No, yo tenía en mente algo más artístico. Pero estarías guapísimo.

Duarte sintió que temblaba dentro del abrazo de terciopelo.

–¿Algo más artístico?

–Eres un hombre fabuloso –dijo Kate con voz ronca–. Con esta luz iluminando tus bíceps y tus abdominales pareces un gladiador. Todo en ti son planos rectos y sombras. Las cosas que veo cuanto te miro a los ojos…

–Ya está bien –Duarte la calló con un beso, incómodo con el giro que había dado la conversación.

Cuando la tumbó de espaldas, ella no protestó. Al contrario, enredó una pierna en su cintura y se hizo cargo de la situación de nuevo. Y era tan excitante como antes. El sonido de sus cuerpos chocando, el aroma de su piel. No se cansaba de ella y cuando estaba a punto de llegar al final supo que siempre sería así con Kate.

Pero eso no podría evitar que discutieran.

Una semana después, Kate le hizo una fotografía a Jennifer tumbada en una hamaca atada entre dos palmeras. Y otra nadando en la piscina, otra bailando con los cascos puestos...

Tenía muchísimas fotos de la familia Medina de Moncastel, para delicia de Harold Hough, pero su editor seguía insistiendo en que le enviara una del depuesto rey. Y ella tenía que contestar que aún no lo había visto. El monarca seguía en la clínica y Duarte no la había invitado a visitarlo.

Concentrándose en su Canon favorita y en su trabajo para olvidar su confusa relación con él, Kate dirigió la lente hacia su siguiente objetivo: Antonio enseñando a Kolby a subir a una tabla de surf, los dos con traje de neopreno.

Esas fotos serían su regalo de boda para Shannon y Tony, pensó. Algunas fotografías no eran para Harold, *Global Intruder* o el público en general.

Durante esa semana había descubierto que también ella quería proteger en cierto modo a la familia Medina de Moncastel; una familia que la había recibido, a ella y a Jennifer, con los brazos abiertos. Todos confiaban en que los presentase de manera justa ante los medios y había cosas que Kate no haría nunca, ni siquiera por su hermana.

De modo que siguió haciendo fotos a los perros del rey, Benito y Diablo. Eran unos perros enormes y de aspecto amenazador, pero con Kolby se portaban como si fueran gatitos.

De repente, se le encogió el corazón al tomar un primer plano del niño con su futuro papá. Y se preguntó cómo se portaría Duarte con sus propios hijos, si los tenía algún día. Él no era un compañero de juegos divertido e informal como Tony, pero sí se había mostrado paciente y comprensivo con Jennifer durante toda la semana.

«No pienses en eso».

Duarte llevaba vaqueros y un jersey ligero, la brisa del mar moviendo su pelo como le gustaría hacerlo a ella. A distancia podía parecer despreocupado, apoyado en el tronco de una palmera, pero Kate lo vio a través de la lente con el iPhone en la mano, hablando con expresión seria.

Su relación estaba atravesando un momento... delicado, por decirlo de algún modo. Seguía enfadada con él, pero participaba en las cenas familiares, nadaba en la piscina, sonreía mientras veían alguna película con Jennifer y Kolby, salía a navegar con él... incluso iba al gimnasio y hacía una hora de bicicleta para contrarrestar las copiosas comidas que servían en la mansión mientras Duarte practicaba artes marciales como si fuera un experto.

Cualquiera diría que eran unas vacaciones de ensueño, pero Duarte no le había pedido disculpas por haberse llevado a Jennifer de la residencia o por llevarla a la isla sin consultarlo con ella y no podía decir que no le importaba porque sí le importaba.

Aunque era absurdo pretender que él lo entendiera. Además, se despedirían en unas semanas y debería pasarlo bien y olvidarse de cualquier otra cosa.

Aunque, en realidad, lo estaba pasando bien.

Durante el día los dos estaban un poco tensos, pero por las noches era completamente diferente. En su cama o en la de él. Nunca hacían planes, pero cada noche se encontraban uno en brazos del otro.

Las fotos. Tenía que hacer fotos, se recordó a sí misma.

Kate le hizo un par de fotografías a Duarte para su colección personal. Después de todo, seguramente necesitaría una prueba física de que todo aquello no había sido un sueño.

—Duarte, ¿por qué no vives aquí siempre? —oyó que le preguntaba su hermana—. Aquí se está mejor que en casa y no hace frío.

—Vivir en Martha's Vineyard me recuerda cosas de mi hogar… la playa de rocas, los barcos.

Algo en su tono dejaba claro que al decir «hogar» se refería a San Rinaldo, no a aquella isla, pensó Kate.

—A mí me gustaría ir a París —dijo Jennifer entonces—. Katie me envió una postal una vez y era muy bonita.

—Podrías ir a París con tu hermana y con Duarte —sugirió Shannon.

Kate tuvo que morderse la lengua para no decir que eso no iba a pasar. Pero mientras su hermana charlaba animadamente sobre el posible viaje, se dio cuenta de que no quería que aquellas semanas terminaran. No sabía qué le esperaba en el futuro, pero habría sido maravilloso salir con Duarte de verdad, mantener una relación con él…

Pensativa, empezó a acariciar el anillo y, sin darse cuenta, dejó caer su cámara sobre la arena.

Kate se puso de rodillas para limpiar la lente. No tenía dinero para comprar cámaras nuevas y, además, no estaba acostumbrada a perder el tiempo con sueños tontos que incluían viajes a París y herencias familiares. ¿Qué le estaba pasando?

Notó una sombra a su lado y cuando levantó la cabeza vio que era Duarte, ofreciéndole la tapa de la lente.

–¿Necesitas esto?

–Ah, gracias.

Aquel hombre la desconcertaba por completo. Duarte le había ofrecido su cuerpo durante toda la semana, pero sin dejar que viera al hombre que había dentro.

¿Durante cuánto tiempo podrían seguir jugando antes de hacerse daño y hacérselo a otra gente?

–¿Echas de menos viajar como hacías en tu otro trabajo, antes de dedicarte a cazar a la gente para *Global Intruder*?

Que echase de menos su antiguo trabajo era el último de sus problemas en ese momento. Duarte no tenía ni idea de que había tocado su corazón como ella no parecía capaz de hacerlo... eso sí era un problema.

–Jennifer necesita estabilidad y esto es lo único que puedo hacer por el momento para mantener a mi hermana en la residencia.

–Tal vez haya maneras diferentes de encontrar estabilidad. No tienes por qué vivir siempre en el mismo sitio.

¿Aquel hombre no entendía nada? Otra vez intentando decirle cómo tenía que vivir su vida.

—Eso lo dice alguien que vive de hotel en hotel porque le da miedo tener una casa.

Se miraron entonces sin decir nada, pero era una mirada cargada de resentimiento; algo que ya había ocurrido en varias ocasiones. ¿Cómo podía acostarse con él cada noche cuando eran incapaces de encontrar terreno común en cualquier otro aspecto de sus vidas?

—Debería ir a enviar estas fotos. Mi editor las está esperando —dijo Kate.

Iba a tomar el camino que llevaba a la casa, pero un jeep se acercaba a toda velocidad y cuando se detuvo vio que el conductor era Javier.

—Duarte, quería decírtelo en persona…

—¿Qué ocurre?

Tony se acercó de inmediato con la tabla de surf en una mano, la otra sujetando a Kolby.

—¿Mi padre ha empeorado?

—No, no, tranquilos. Es una buena noticia: el rey se ha recuperado lo suficiente como para que los médicos le diesen el alta y esta noche dormirá en casa.

El peso que Kate llevaba sobre los hombros aumentó al pensar que iban a engañar a una persona más sobre el compromiso. Esta vez tendrían que engañar a un anciano enfermo y en ese momento dejó de preocuparle perdonar a Duarte porque no sabía cómo iba a perdonarse ella misma.

Capítulo Once

Su padre estaba de vuelta en casa.

Duarte se había quedado tan sorprendido como todos por tan repentina recuperación, pero Enrique lo había dejado claro: quería conocer a Kate.

Mientras la llevaba por el pasillo, Duarte no se fijaba en los bancos antiguos o en las mesitas colocadas estratégicamente, demasiado preocupado con la presentación.

Pero no entendía por qué. Al fin y al cabo, eso era lo que había pretendido desde el principio. ¿Por qué ahora se sentía incómodo? Tal vez porque su relación con Kate ya no era sólo un acuerdo beneficioso para los dos sino algo mucho más personal y eso le estaba afectando.

Durante la última semana lo había sorprendido en todos los sentidos. Por ejemplo, le enviaba a su editor muchas menos fotografías de las que había esperado. Estaba mostrándose increíblemente discreta.

Afortunadamente, desde que tenían fotos la prensa se había calmado un poco. La noticia no había perdido interés, pero Javier ya no tenía que echar a patadas a los periodistas en Martha's Vineyard.

Ahora, mientras entraba en la zona privada de

su padre, Duarte intentó concentrarse en el presente. Aunque en la casa había una fortuna en cuadros de maestros españoles, su padre guardaba su colección de Dalí para él solo, un trío de los surrealistas relojes derretidos.

El pobre se había obsesionado con la historia desde que le robaron la suya.

Con un antiguo reloj de bolsillo Breguet en la mano, Enrique los esperaba sentado sobre el edredón, con un batín azul marino, los perros tumbados a sus pies.

Frágil y pálido, parecía estar durmiendo, pero abrió los ojos en cuanto los oyó entrar en la habitación.

—Padre, te presento a Kate Harper.

Enrique guardó el reloj en el bolsillo del batín y miró a Kate con sus inteligentes ojos oscuros.

—Me alegro mucho de que se esté recuperando —dijo ella, después de tragar saliva.

Su padre no dijo nada y Duarte empezó a preguntarse si habría empeorado de repente.

—¿Le importa si me siento? —preguntó Kate entonces.

Sin decir nada, Enrique señaló un sillón al lado de la cama y Kate se sentó con más formalidad de la acostumbrada, los pies cruzados, las manos sobre el regazo.

—Siempre me ha gustado mucho Dalí.

—¿Has estudiado a los maestros?

—Estudié Historia del Arte en la universidad, además de Periodismo. No sé pintar, pero me gusta pensar que cuento una historia con mi cámara.

–He visto algunas de tus fotografías… de las que hacías antes, en el archivo de seguridad. Tienes ojo de artista.

–Ah, gracias.

–¿Te molesta que te hayamos investigado?

–Yo también he investigado a su familia, así que es lo más justo.

Enrique rió, una risa ronca y un poco débil pero genuina.

–Eres una chica lista.

Después de decir eso, su padre volvió a recostarse sobre las almohadas y cerró los ojos.

¿Eso era todo? Duarte había esperado algo… más. Que pidiera detalles, que exigiera una fecha para la boda, que sugiriese que debían darle nietos inmediatamente. Incluso que hiciera alguna burla sobre su profesión, aunque eso lo hizo pensar que tal vez Javier estaba en lo cierto al decir que había elegido precisamente a Kate para fastidiar a su padre.

Fuera como fuera, nada estaba saliendo como él esperaba porque ver a Kate con su padre le abrió los ojos. Kate Harper era una buena influencia en la gente que la rodeaba, una mujer adulta, inteligente y divertida que sabía cuidar de los demás.

Y tenía razón sobre su falta de compromiso. Incluso para tener una casa propia y, por muchas más razones, una relación sentimental. Él siempre se había enorgullecido de ser un hombre decidido, pero hasta que conoció a Kate estaba en el limbo.

Y era hora de hacer algo al respecto.

Tenía dos semanas hasta la boda de su hermano y necesitaba cada segundo para convencer a Kate de que se quedara con él cuando terminase el mes.

Costase lo que costase.

Kate se incorporó en la cama de un salto. Estaba sola.

Se había quedado dormida en los brazos de Duarte y había tenido una pesadilla en la que se derretía como uno de esos relojes de Dalí, deslizándose por la cornisa del hotel de Duarte en Martha's Vineyard.

Alejándose de él.

Entonces notó el aroma de su colonia aún pegado a las sábanas, como lo estaba a su memoria. Había sido tan intenso, tan apasionado esa noche.

Cuando iba a encender la lamparita rozó algo con el brazo. Había algo sobre la almohada, en el hueco que había dejado la cabeza de Duarte.

Era una caja grande envuelta en papel marrón, con un lazo dorado y sin tarjeta. Aunque no necesitaba una tarjeta para saber de quién era.

Recibir un regalo era diferente a las joyas o la ropa que llevaba prestadas. Aquello era algo personal.

¿Por qué no se había quedado para ver su reacción? ¿Podría sentirse tan inseguro como ella?

Aunque tal vez no debería emocionarse. ¿Y si era otro vestido o algún accesorio para su nuevo vestuario?

Recordó entonces su encuentro con Enrique,

un anciano burlón y astuto que, sin embargo, había creído su historia. Se sentía culpable desde que habló con él, pero sabía que tendría que seguir mintiendo.

Suspirando, tomó la caja. Pesaba bastante y, con cierta agitación, rasgó el papel y...

Encontró una fotografía en blanco y negro enmarcada. Una fotografía original de Ansel Adams en la que se veía la luna asomando sobre la cima de una montaña. Le temblaban las manos mientras tocaba el cristal.

Se había acordado. Una conversación sobre su fotógrafo favorito y Duarte se había acordado, eligiendo ese regalo especialmente para ella.

Pero eso no cambiaba nada, se dijo. ¿O sí?

Había sacado a Jennifer de la residencia sin consultarlo con ella, pero estaba intentando hacer las paces. Y no con cualquier regalo, sino con algo pensado especialmente para ella.

Kate apartó las sabanas y saltó de la cama. Tenía que encontrarlo para darle las gracias. Y para averiguar si estaba ilusionándose tontamente.

Después de ponerse un pantalón vaquero y un jersey se dirigió a la suite de Duarte y vio que la terraza estaba abierta.

Diferente a los balcones de hierro forjado que había al otro lado de la casa, aquella terraza tenía una barandilla de estuco y estaba llena de tiestos. La casa tenía cuatro alas diferentes, una para Enrique y tres para sus hijos. Unos escalones de piedra llevaban a la playa, la luna amarilla y las estrellas reflejándose en el mar.

Duarte no parecía estar por ningún lado, pero cuando iba a darse la vuelta vio una hamaca colgada entre dos palmeras. Allí estaba, con una pierna colgando. Nunca lo había visto tan relajado.

Llevaba el mismo uniforme de kárate que había llevado la noche que lo conoció. Debía haber estado en el gimnasio, pensó.

Kate se apoyó en el tronco de una palmera.

–Gracias por el regalo.

–De nada –Duarte hizo un gesto para que se sentara a su lado.

–Es una fotografía maravillosa –murmuró ella, dejándose caer sobre la hamaca–. Una foto de Ansel Adams es el regalo perfecto.

–Cualquiera podría haberla comprado.

–Pero tú no eres cualquiera. Y no todo el mundo habría recordado por qué mi gato se llama como se llama –Kate le dio un beso en la frente–. Estoy deseando encontrar el sitio perfecto para colgarla.

Claro que cada vez que la mirase pensaría en él.

–Me alegro de que te haya gustado.

Una cosa era hablar con Duarte durante el día o incluso después de haber hecho el amor, pero estar abrazados en aquella hamaca, a la luz de la luna, le parecía mucho más íntimo, no sabía por qué.

–No eres lo que yo esperaba –dijo entonces–. Claro que eso es culpa mía. Era más fácil imaginarte como un príncipe arrogante y antipático. Incluso cuando metes la pata…

–¿Por haber traído a Jennifer sin consultarte?

–Bueno, al menos admites que hiciste mal.

–Siento mucho no haberte consultado antes de traer a Jennifer a la isla.

–¿Te ha dolido decir eso?

–¿Perdona?

Riendo, Kate le dio un golpe en el hombro.

–Seguro que no has tenido que suplicar nada en toda tu vida. Eres demasiado orgulloso.

Duarte apretó su mano.

–Te regalaría una galería entera de Ansel Adams si quisieras.

Kate se estiró para besarlo.

–No hace falta exagerar. La ropa, el jet privado, los guardaespaldas... debo admitir que estoy un poco abrumada.

–¿Tú, abrumada? –exclamó él, genuinamente sorprendido–. Sólo conozco a una mujer tan atrevida como tú.

Por primera vez estaba contándole algo sobre sí mismo. ¿Otra señal de que estaba intentando hacer las paces? ¿Acercarse un poco más?

Su corazón latía con tal fuerza que se preguntó si podría oírlo. ¿Estaría hablando de un amor del pasado?

–¿Quién era esa mujer?

–Mi madre.

Kate se quedó callada un momento.

–No sé mucho sobre ella –dijo luego.

–Carlos y yo solíamos hablar de nuestra madre para contrastar recuerdos... para no olvidarla nunca, en realidad. Pero hay cosas que no se olvidan.

–Las cosas pequeñas pueden ser muy especiales.

–No, estoy hablando de la noche que murió.

Kate contuvo el aliento, temiendo decir algo inapropiado. Ella había cubierto situaciones trágicas en su trabajo, pero las veía a través de una lente, de manera objetiva, como una observadora. Le dolía ver sufrir a aquellas personas, pero no era nada comparado con el dolor que debió sentir Duarte de niño.

–Mi madre siempre intentaba protegernos… me recuerda a ti con Jennifer. Sé que tú darías la vida por tu hermana.

Y tenía razón, pero ninguna mujer debería tener que pagar el precio que había pagado Beatriz Medina de Moncastel.

–Esa noche, cuando los rebeldes nos encontraron, Carlos me dijo que ocultase a Antonio, que·era el pequeño, mientras él se ocupaba de nuestra madre. Cuando has dicho que yo no había suplicado nunca… –Duarte tuvo que aclararse la garganta–. Yo supliqué por la vida de mi madre. Supliqué, pero dispararon de todas formas. Y dispararon a Carlos porque intentó protegerla…

Se le rompió la voz en ese momento y Kate tragó saliva, emocionada. No era cuestión de buscar las palabras adecuadas porque no había nada que decir. Lo único que podía hacer era abrazarlo.

–Cuando nuestra madre murió –siguió Duarte, su acento más pronunciado que nunca– todo se convirtió en un borrón. No sé cómo pudimos escapar Antonio y yo. Me dijeron que habían llegado los guardias de mi padre, pero yo no lo recuerdo.

–¿Y qué pasó después, cuando os fuisteis de San Rinaldo?

–Estuvimos un tiempo en Argentina, hasta que nos reunimos con mi padre.

Temblando ante el horror de esas imágenes, Kate tuvo que hacer un esfuerzo para encontrar su voz.

–¿Y quién te consolaba entonces?

Duarte se encogió de hombros.

–Nos quedamos en Argentina hasta que empezaron a correr rumores sobre nuestra estancia allí y luego vinimos a la isla.

Aparentemente, no había tenido mucho tiempo para llorar a su madre. Y nada de eso había aparecido en las noticias, por supuesto. ¿Qué otros detalles horribles habían conseguido guardar en secreto?

–Es lógico que tu padre se obsesionara con la seguridad. Quería mantener a sus hijos a salvo.

–Y, sin embargo, se arriesgó a salir de la isla durante los primeros años.

–¿Tu padre salía de la isla?

–Mantuvo una relación con otra mujer –dijo Duarte, su tono plano, sin emoción.

–Estás hablando de la madre de tu hermanastra.

Kate conocía algunos detalles, como la edad de Eloísa, que había nacido dos años después del golpe de Estado en San Rinaldo. Esa aventura de Enrique debió doler muchos a sus hijos, que aún lloraban la muerte de su madre.

–Sí, claro.

–¿Cómo se conocieron?

–Carlos estaba recuperándose de sus heridas en un hospital y mi padre la conoció allí, era su enfermera. Supongo que en ella encontró consuelo.

Kate empezaba a entender muchas cosas. Por ejemplo, por qué Duarte y sus hermanos tenían tan poco contacto con Enrique.

–Su relación con esa mujer creó un problema entre vosotros, ¿verdad?

Era fácil simpatizar con ambos lados: un hombre destrozado buscando consuelo tras una pérdida terrible, unos hijos resentidos por ello.

–Seguramente te preguntarás por qué estoy contándote todo esto.

Kate suspiró.

–Hemos estado desnudos juntos. Y, aunque acostarse contigo es estupendo, me gustaría pensar que entre nosotros hay algo más.

Duarte asintió con la cabeza.

–Tú has mencionado mis numerosas relaciones...

Kate se aclaró la garganta, intentando disimular una punzada de celos.

–Sí, sé que no has sido un santo.

–He salido con muchas mujeres, pero no tengo experiencia en relaciones sentimentales. Ni con mi familia ni con las mujeres. Me han dicho más de una vez que soy un tarado emocional.

–Eso no es verdad. Eres una de las personas más profundas que he conocido nunca. Sí, es cierto que no lloras cuando ves una película romántica, pero yo sé que sientes las cosas de verdad...

130

Duarte la silenció poniendo un dedo sobre sus labios.

–No, no me has entendido. Estoy diciendo que quiero algo más que acostarme contigo.

El corazón de Kate se volvió loco. ¿Quería decir…?

–Pero quiero estar seguro de que tú deseas lo mismo. Ya sabes que soy un riesgo.

Kate pensó en el regalo, que había dejado sobre la almohada en lugar de dárselo en persona. ¿Podría sentirse tan inseguro como ella?, se preguntó.

Había dicho que una relación con él sería un riesgo, pero estaba empezando a ver cuánto podría perder si le decía que no: una oportunidad con Duarte, una oportunidad de entrar en su corazón.

Habían cambiado tantas cosas para los dos. Y si se sentía tan inseguro como ella, tan desconcertado por sus sentimientos, tal vez lo mejor sería mostrarse cauta.

–¿Qué tal si vamos paso a paso, día a día, hasta la boda de tu hermano?

Las sombras que veía en su rostro le recordaban a una fotografía de Ansel Adams, pero Duarte sonrió, tirando de ella para buscar sus labios.

Mientras lo besaba pensó en cómo le había abierto su corazón. Y se preguntó si debía olvidar sus miedos y confiar en él.

***

Habían celebrado una cena familiar por primera vez y, después de cenar, fueron a la sala de música… que en realidad era más bien un salón de baile, con suelos de madera, techos altísimos para mejorar la acústica, lámparas de araña y apliques en la pared.

Y todos estaban allí. Todos menos Carlos, por supuesto. Shannon, con Kolby a su lado, tocaba el piano mientras Tony, apoyado en el Steinway, no dejaba de mirar a su prometida. Estaba loco por ella, eso era evidente.

Jennifer, sentada en el suelo, jugaba con Benito y Diablo, sin saber que estaba jugando con perros guardianes bien entrenados…

¿En qué lío había metido a Kate y a su hermana?

Enrique estaba reclinado en un sillón, con los pies sobre una otomana, la botella de oxígeno recordándole que era un hombre enfermo.

Y Kate estaba a su lado…

Kate.

Su sencillo vestido negro destacaba unas curvas que él conocía íntimamente. Si pudieran quedarse en la cama todo el tiempo aquel intento de relación sería pan comido, pensó.

Había sido más difícil de lo que pensaba abrirle su corazón, pero eso era lo que las mujeres querían, ¿no? Y, sin embargo, ella no había hecho lo propio.

Cuando Shannon dejó de tocar, Duarte se unió al aplauso de todos.

–Kate, tal vez tú podrías convencer a mi hermano de que tocara para nosotros –dijo Tony.

–¿Tocas el piano?

–Lo hago fatal –contestó Duarte, riendo–. Tony es un bromista. Pero sigue así y le contaré a todo el mundo que tomaste lecciones de arpa.

Su hermano menor soltó una carcajada. Carlos era el único con talento musical en la familia. Tony nunca había sido capaz de permanecer sentado el tiempo suficiente para practicar y el profesor le había dicho a Duarte que tocaba como un robot.

Genial. Otro ejemplo de su incapacidad para comprometerse, incluso con una partitura musical.

–Duarte no es el mejor músico de la familia –empezó a decir Enrique–, pero mi objetivo era simplemente que supieran algo de arte para que tuviesen una educación completa. Puede que hayamos vivido aislados, pero siempre tuvieron los mejores tutores.

–Seguro que también usted les daba clases –dijo Kate.

–Ah, tienes olfato de periodista.

–En mi trabajo sólo es necesario tener buen olfato –bromeó ella–. ¿Qué les enseñó?

–Historia del Arte –respondió Enrique. Y luego siguió hablando sobre sus maestros españoles favoritos.

Duarte tomó un sorbo de coñac. La broma de Kate sobre su trabajo lo había sorprendido, pero sabía que era muy escrupulosa eligiendo las fotografías que enviaba a su editor. ¿Habría aceptado ese trabajo en *Global Intruder* sólo por Jennifer?

Por supuesto que sí. Si no fuera por su hermana, Kate seguiría fotografiando terremotos y guerras. Eso era lo que hacía antes.

Su determinación de conquistarla se multiplicó entonces. Tal vez había llegado la hora de llevarla al Museo de Fotografía Contemporánea de Chicago.

Usaría todos los recursos a su disposición para enamorarla y un viaje sorpresa a Chicago para ver ese museo le encantaría. Además, estarían solos en el avión...

–Tenemos que hacer un anuncio –la voz de Tony interrumpió sus pensamientos–. Como casi toda la familia está aquí... Carlos llegará por la mañana, ¿no?

–Así es –respondió Duarte.

–¿Por qué no adelantamos la boda? No queremos esperar hasta finales de mes –dijo Tony entonces, mirando a su padre–. Queremos casarnos este mismo fin de semana.

De repente, el coñac de Duarte sabía amargo. Si adelantaban la boda, él no podría hacer todo lo posible para conquistar a Kate. Sólo tenía su promesa de cooperar hasta que Tony y Shannon se casaran y tras la boda no tendría razones para quedarse.

Había dicho que fueran día a día, pero su tiempo con ella acababa de ser reducido abruptamente.

Capítulo Doce

–Puede besar a la novia –anunció el sacerdote mientras bendecía a los recién casados.

Kate parpadeó para contener las lágrimas mientras levantaba la cámara. Había hecho fotografías en muchas bodas cuando estaba en la universidad, pero nunca había visto una tan emocionante, tan sentida. Tony y Shannon se habían casado en una capilla blanca que, según le había contado Duarte, fue construida para que se sintieran como en casa. No era muy grande, sólo lo suficiente para los que estaban allí: Enrique, el resto de los Medina de Moncastel y algunos de los empleados con los que tenían una relación muy estrecha.

Kate se dio cuenta de que los únicos extraños eran Jennifer y ella. Por parte de Shannon sólo estaba su hijo y sintió simpatía por la mujer que se enfrentaba sola con aquel nuevo mundo.

Después de besarse, los recién casados se volvieron hacia los congregados, sin poder disimular su felicidad. Mientras en el órgano sonaba *El himno de la alegría* de Beethoven, Tony tomó en brazos a Kolby, que le echó los brazos al cuello.

Eloísa, la dama de honor, llevaba un vestido de corte imperio en color esmeralda, el ramo de flores sobre el pecho escondiendo su visible embarazo.

Duarte iba detrás, guapísimo con su esmoquin. Nunca, ni en un millón de años, hubiera soñado con un príncipe, pero cuantas más cosas descubría sobre Duarte más quería estar con él. Al demonio el día a día. Quería alargar su relación todo lo que fuera posible. Quería arriesgarse.

Duarte pasó a su lado seguido de Carlos, el mayor de la familia, y Kate bajo la cámara. Los pasos de Carlos eran lentos. Debería usar muleta, pero algo en su expresión orgullosa le dijo que no lo haría nunca.

Aquella familia le rompía el corazón.

Cuando salieron de la capilla, un guitarrista flamenco tocaba bajo las estrellas.

Kate hizo fotografías para el álbum que pensaba regalar a Tony y Shannon. Cargaría las imágenes en un disco y se lo daría a la pareja durante el banquete por si no volvía a verlos.

Aunque quizá, sólo quizá… no quería, pero en el fondo no podía evitar albergar cierta esperanza.

Entonces dirigió la cámara hacia Jennifer, que parecía feliz mirando las luces que colgaban de los árboles. Su hermana no era una carga, todo lo contrario, pero proteger su inocencia era una responsabilidad que se tomaba muy en serio.

La vio sonreír mientras llamaba a Duarte.

–Dime, Jennifer.

–Tú haces muchas cosas por todo el mundo, así que yo he hecho algo por ti –dijo su hermana, ofreciéndole una pulserita dorada con un anillo metálico–. Como pronto vas a ser mi hermano… pensé que no te gustaría una pulsera como la de

Katie, pero tienes un coche, así que esto es para que pongas las llaves. La niñera de Kolby me dio la lana y todo lo demás. ¿Te gusta?

Duarte miró el llavero con una sonrisa en los labios.

—Me gusta mucho, Jennifer. Gracias. Pensaré en ti siempre que lo use.

—De nada, Artie… digo…

—Puedes llamarme Artie. Pero sólo tú, ¿eh?

—Muy bien —la sonrisa de Jennifer iluminaba sus ojos mientras se ponía de puntillas para darle un beso.

Emocionada, Kate dirigió la cámara hacia Duarte, que estaba sacando las llaves del bolsillo. ¿No pensaría usar la pulsera como llavero?

Lo hizo, colocó las llaves de su lujoso deportivo y de la mansión en la pulserita de lana dorada.

Kate bajó la cámara. Las lágrimas rodaban por su rostro al darse cuenta de que estaba total, irrevocablemente enamorada de Duarte Medina de Moncastel.

Y pensaba decírselo esa misma noche, cuando estuvieran solos.

El resto de la noche pasó como un torbellino y, casi sin darse cuenta, estaban despidiéndose de los novios. Todo había sido mágico, desde la boda al banquete en el salón de baile. Hasta le había molestado tener que alejarse unos minutos para cargar el disco de las fotografías, pero fue recompensada por su esfuerzo cuando puso el DVD en las manos de Shannon y ella se lo agradeció con un sentido abrazo.

–Voy arriba a cambiarme de ropa –le dijo a Duarte–. Espero que te reúnas pronto conmigo porque tengo planeada una noche especial, con una bañera llena de burbujas.

–Estaré allí antes de que llenes la bañera.

El brillo de sus ojos la animó aún más.

Una vez en su habitación, Kate se sentó frente al ordenador para enviar unas fotografías a Harold. Duarte le había dicho que ella misma podía elegir las fotos que quisiera porque confiaba en ella.

Pero al mirar la pantalla algo llamó su atención. Con el ceño arrugado, pinchó una fotografía… era una de las que le había regalado a Tony y Shannon, pero no una de las que pensaba enviar a Harold. Y no estaba en la página de *Global Intruder* sino en una revista de la competencia.

Atónita, vio varias de las fotografía que había hecho esa misma noche. ¿Cómo podía ser? Sólo Duarte y ella tenían acceso a ese ordenador.

¿Habría traicionado Javier a la familia como lo había hecho su prima? No, imposible. Entonces sólo podía ser Duarte. Y él había dejado claro desde el principio que buscaba vengarse por lo que le había hecho a su familia…

Kate sintió que se le rompía el corazón. Duarte había querido vengarse y lo había conseguido. Había controlado por completo cómo aparecía su familia en la prensa y se había asegurado de que no consiguiera un céntimo con las fotografías de la boda de Tony.

Había estado a punto de decirle que estaba enamorada de él, pero no pensaba hacerle saber cuánto le había dolido aquella traición.

Cinco minutos y por fin estaría a solas con Kate. Y si todo iba como estaba previsto, pronto estarían en el avión.

La boda de Tony y Shannon no le había dejado mucho tiempo, pero había conseguido organizar el viaje a Chicago y el jet estaba esperando para sacarlos de la isla.

Lo único que necesitaba era que Kate le diera el visto bueno para sus planes con respecto a Jennifer... había aprendido bien la lección de no usurpar sus derechos en lo que se refería a su hermana.

Con un poco de suerte, después de esa noche podrían compartir la responsabilidad. Porque estaba decidido a convencerla para que siguieran juntos.

Cuando llegó a la puerta de la habitación la vio delante del ordenador, no en la bañera. Confiaba en ella por completo, pensó. Le había dicho que podía enviar las fotografías que quisiera y no sentía la necesidad de comprobar lo que estaba haciendo.

No, era más que eso, pensó entonces. Aquella mujer valiente y arriesgada lo había embrujado desde el primer minuto. Kate era alguien con quien podía imaginarse en el futuro.

Había sabido que la deseaba desde el principio, pero no se había dado cuenta de algo mucho más importante... estaba enamorado de ella.

Duarte levantó la mirada y se encontró con los ojos de Kate. Y no parecía contenta en absoluto.

–¿Qué ocurre?

Parpadeando para controlar las lágrimas, Kate se levantó de la silla.

–Me has vendido. Has enviado a la prensa mis fotografías de la boda.

Duarte dio un paso hacia ella, incrédulo.

–No sé de qué estás hablando.

–¿Es así como quieres jugar? Muy bien. Iba a enviar las fotografías a mi editor, pero he descubierto que ya habían sido enviadas a todos los medios. Me has robado la exclusiva a propósito.

–¿Qué estás diciendo? ¿Por qué iba yo...?

–Tú eres el único que conoce la contraseña de este ordenador. Sólo tú y yo tenemos acceso. ¿Qué voy a pensar? Si hay alguna otra explicación, por favor dámela.

Cada una de sus palabras era como una bala para Duarte. Él había decidido confiar en Kate, pero era evidente que Kate no confiaba en él.

–Parece que lo tienes todo muy claro.

–¿Ni siquiera vas a negarlo? Lo tenías planeado desde el principio, era tu venganza por haber descubierto la identidad de tu familia. Qué tonta he sido por confiar en ti...

Era evidente que no iba a creerlo dijera lo que dijera, pensó Duarte. Y estaba cuestionando su palabra.

Muy bien, podía pedirle explicaciones durante

toda la noche, pero él no pensaba decir nada, el orgullo se lo impedía.

–Sabía que eras implacable –siguió ella, pálida–. Pero jamás pensé que pudieras hacerme esto.

¿Había un brillo de dolor en sus ojos? Si estaba dolida, tenía una manera muy extraña de demostrarlo.

–Tú te colaste en mi balcón para hacerme fotografías, así que parece que estamos hechos el uno para el otro.

Kate se dio la vuelta para salir de la habitación.

–No quiero volver a verte.

–Hay un jet esperando en la pista. Le daré instrucciones al piloto para que os lleve a Jennifer y a ti de vuelta a Boston.

Kate se quitó el anillo, lo dejó sobre la cómoda y, sin decir nada, salió de su vida como había entrado.

Por la ventanilla del avión, Kate veía la isla desapareciendo poco a poco. Alguien se acercaría enseguida para bajar las cortinillas y aquel sitio mágico se desvanecería como un sueño.

Una hora después de su discusión con Duarte, Jennifer y ella estaban en el avión, como le había prometido. ¿Cómo podía haberla engañado de tal modo? Había esperado que le diera una explicación al menos. Incluso había esperado que fuese un error, que dijese que la quería…

Pero Duarte se había negado a dar explicación alguna. Ni siquiera había tenido la satisfacción de oírlo confesar lo que había hecho.

Jennifer lloriqueaba a su lado, con un pañuelo en la mano.

—¿Por qué no podemos quedarnos en la isla, Katie?

Kate se mordió los labios. Le dolía en el alma hacerle daño a su hermana...

¿Como era posible que sus planes de hacerla feliz hubieran ido tan mal?

—Tengo que trabajar, cariño. ¿Por qué no intentas dormir un rato? Ha sido un día agotador.

Había tenido tantas esperanzas sólo unas horas antes. Y, ahora, de repente...

—¿Por qué habéis roto Duarte y tú? Si te casaras con él no tendrías que volver a trabajar.

—No es tan sencillo, cielo.

Nada en su relación con Duarte había sido sencillo.

—¿Entonces por qué erais novios?

Por dolida que estuviera, no podía culparlo a él de todo. Ella había contribuido a aquella absurda farsa, engañando a su hermana y a mucha otra gente.

—Las personas cambian de opinión y es mejor que ocurra antes de casarse, ¿no crees?

—Pero tú lo quieres, ¿no?

Los ojos de Kate se llenaron de lágrimas. No entendía por qué Duarte le había regalado aquella fotografía de Ansel Adams, por qué se había mostrado tan cariñoso con Jennifer. Pero estaba claro que las fotografías no se habían enviado solas.

Y eso le partía el corazón.

—Katie, lo siento. No quería hacerte llorar —Jennifer la abrazó, angustiada–. No deberías casarte con él por mí. Sólo debes casarte por amor, como Cenicienta y Bella... aunque Duarte no es una bestia. Sólo arruga la frente mucho, pero yo creo que lo hace porque no es feliz.

–Jennifer... –Kate se apartó para mirar a su hermana a los ojos, buscando las palabras adecuadas–. Duarte no me quiere. Es así de sencillo y siento mucho que tú lo pases mal por mi culpa y que te hayas encariñado con esa familia...

–Tú eres mi familia y no necesito a nadie más. Puedo pintarme las uñas yo sola.

Kate apretó los labios. No se merecía una hermana tan comprensiva.

–Mañana iremos a comprar laca de uñas de diferentes colores.

–Azul –dijo Jennifer–. Quiero las uñas azules.

–Trato hecho.

Su hermana cerró los ojos y se quedó dormida antes de que el auxiliar de vuelo se acercase para bajar las cortinillas.

Jennifer le había recordado lo que era importante en su vida y si quería ser un ejemplo para ella tendría que reorganizar sus prioridades. Desde luego, merecía una hermana mejor que alguien que se dedicaba a saltar de balcón en balcón para robar fotografías.

Aunque eso significara colgar su cámara para siempre.

Capítulo Trece

–¿No olvidas algo? –le preguntó Enrique desde la cama.

La pregunta hizo que Duarte se detuviera cuando iba hacia la puerta.

–Me has pedido que te trajera el desayuno. Si algo no te gusta, será mejor que se lo digas al chef.

–Has olvidado traer a tu prometida.

¿Estaría perdiendo su padre la memoria? Duarte ya le había dicho que su compromiso estaba roto.

–Kate y yo hemos roto, ya te lo conté. ¿No lo recuerdas?

Enrique lo señaló con una cucharilla de plata de ley.

–Recuerdo perfectamente las tonterías que me has contado sobre que cada uno quería tomar un camino diferente. Y creo que has metido la pata dejándola escapar.

Él no la había dejado escapar, Kate lo había dejado. Y aunque creía saber quién podía haber robado las fotografías para venderlas a otras publicaciones, eso no cambiaba nada. La verdad era que Kate no confiaba en él. No sólo eso, creía que la había engañado.

Pero no pensaba dejar que el culpable se saliera con la suya. Como sólo había usado el ordenador para trabajar mientras estaba en la isla, apostaría cualquier cosa a que su editor estaba detrás de todo aquello. Y Harold Hough habría vendido las fotos a otras publicaciones para beneficiarse personalmente. Los ordenadores de su familia eran seguros, pero nadie estaba a salvo en el ciberespacio.

En unas horas, Javier y su equipo tendrían la prueba y, si estaba en lo cierto, se encargaría de que Harold no volviese a aprovecharse de Kate.

Aunque eso no curaría su corazón roto, seguía sintiendo el deseo de protegerla. Pensar que no iba a recibir el cheque que necesitaba y que de nuevo tendría dificultades para mantener a su hermana en la residencia lo volvía loco.

–¿Y bien? –insistió su padre.

Duarte se dejó caer sobre un sillón, al lado de la cama.

–Siento mucho haberte decepcionado –empezó a decir. Lo mejor sería contarle toda la verdad o seguiría insistiendo en que volviese con Kate–. Nunca estuvimos comprometidos.

–¿Crees que no lo sabía? –su padre lo miró por encima de la taza de café.

–¿Entonces por qué me dejaste traerla aquí?

–Sentía curiosidad por conocer a la mujer por la que estabas dispuesto a organizar ese teatro.

–¿Y tu curiosidad ha sido satisfecha?

–La verdad es que me has decepcionado dejándola ir.

–No tengo cinco años, no necesito tu aprobación –protestó Duarte.

–Como sé que estás dolido, te perdono la grosería. Sé cuánto duele perder a alguien a quien amas.

Duarte hizo una mueca, harto del sermón paternal. Estaba cansado de sus juegos. Si quería una reconciliación, tenía una manera muy extraña de demostrarlo.

–Pero el dolor no me empuja a acostarme con otra mujer ahora mismo.

Enrique asintió con la cabeza, como si hubiera estado esperando esa réplica.

–Seguramente me lo merezco –murmuró–. Pero me parece muy interesante que no niegues estar enamorado de Kate Harper.

Negarlo no serviría de nada.

–Ella ha tomado una decisión y no hay nada que decir. Cree que la traicioné y no hay manera de convencerla de lo contrario.

–No parece que te hayas esforzado mucho para hacer que cambiase de opinión –Enrique sacó el reloj del bolsillo del batín–. El orgullo puede costarle mucho a un hombre, hijo. Yo no creí a mis consejeros cuando me avisaron de un inminente golpe de Estado porque era demasiado orgulloso. Me consideraba invencible y esperé demasiado tiempo –mientras hablaba, jugaba con el reloj, como perdido en sus pensamientos–. Tu madre pagó el precio más alto por mi error. Tal vez no la lloré lo suficiente, pero no dudes ni por un momento que la amé con todo mi corazón.

–Lo siento. Yo no quería…

–He pasado muchos años recordando esos días, pensando cómo debería haber hecho las cosas. Es fácil atormentarse pensando cómo podría haber cambiado tu vida si uno hubiera hecho las cosas de otra manera, pero con el tiempo me he dado cuenta de que nuestras vidas no pueden ser condensadas en un solo momento. En realidad, somos la suma de todas nuestras decisiones.

El tiempo perdido perseguía a su padre como esos cuadros de Dalí, pensó Duarte. Durante esas lecciones sobre Historia del Arte, Enrique había intentado darle a sus hijos algo de sí mismo, algo que no era capaz de expresar con palabras.

—Kate ha cometido un error al pensar que la habías traicionado y tú no la has sacado de ese error. ¿Vas a arruinar tu vida por una cuestión de orgullo?

Él siempre se había considerado un hombre de acción y, sin embargo, dudaba cuando se trataba de Kate. No sabía si por orgullo o por otra razón. Pero cuando volvió a mirar a su padre se dio cuenta de que no podía dejarla escapar sin hacer todo lo que estuviera en su mano para recuperarla.

Una vez tomada la decisión, supo cómo encargarse de Harold y hacerle saber a Kate que tenía fe en ella. Pero antes, debía ofrecerle a su padre una rama de olivo, algo que debería haber hecho mucho tiempo atrás.

—Gracias, papá —Duarte apretó la mano de Enrique, agradeciéndole que le hubiera abierto los ojos.

El mes de enero era helador en Boston. Kate se envolvió en la bufanda, caminando con cuidado por la acera cubierta de nieve hacia el edificio de ladrillo rojo de *Global Intruder*. Había soñado con retirarse de manera más ventajosa el día que decidiera colgar su cámara, pero había tomado una decisión firme.

Si tenía que pasar el resto de su vida haciendo fotografías en bodas y bautizos, que así fuera. Había encontrado una residencia de día para Jennifer, pero su hermana viviría con ella. Al menos le quedaría su integridad, pensó.

Pero cuando pensó en Duarte tuvo que apretar los labios. Llevaba dos días llorando hasta quedarse dormida…

El motor de un deportivo sonó a lo lejos y Kate se acercó a la pared para evitar que el coche la salpicase al pasar a su lado. Pero unos segundos después, un Jaguar clásico se detenía a un metro de ella. Un Jaguar rojo, pensó, con el corazón latiendo a toda velocidad, como el que Duarte le había dicho que tenía cuando estaban creando la falsa historia de su primera cita.

La puerta se abrió entonces y Duarte salió del coche. Tan guapo y tan alto como siempre, la miró por encima del techo del deportivo. No podía ver sus ojos porque llevaba gafas de sol, pero no pudo disimular la alegría que sentía al verlo.

–¿Qué haces aquí?

–He venido a buscarte. Jennifer me dijo que estarías aquí.

–No por mucho tiempo –contestó Kate–. Voy a dejar mi trabajo en *Global Intruder*.

–¿Por qué no esperas unos minutos y das un

paseo conmigo antes de hacerlo? Puede que no te hayas dado cuenta, pero estamos empezando a llamar la atención.

Kate miró alrededor y vio que los coches frenaban para mirar el fabuloso Jaguar. Y los transeúntes, que en circunstancias normales irían a toda prisa por culpa de la nieve, miraban con curiosidad al hombre que se parecía a…

Oh, no, eran famosos.

Kate abrió la puerta del coche a toda prisa.

–Vámonos.

Unos segundos después se habían puesto en marcha. Aquel hombre era capaz de arrastrarla a su mundo cuándo y cómo quería, pensó, enfadada.

Duarte puso un sobre sus rodillas.

–¿Qué es esto?

–La escritura de transferencia de la propiedad de *Global Intruder*. A tu nombre.

Kate lo miró, convencida de haber oído mal. *Tenía* que haber oído mal.

–¿Qué has dicho?

–Que *Global Intruder* es de tu propiedad.

–No entiendo… –empezó a decir Kate. Y no podía aceptar tal regalo si se lo ofrecía porque se sentía culpable–. No, lo siento. A mí no se me puede comprar.

Ya no.

–No es eso lo que pretendo –Duarte conducía el deportivo con manos expertas por las calles de Boston–. Te quedaste sin el cheque que esperabas por las fotografías de la boda. Incluso dejaste en la isla otras que nadie había visto. ¿Por qué hiciste eso?

149

–¿Por qué has comprado *Global Intruder*?

–Porque sé que eres una periodista honesta y que llevarás humanidad a las historias que publiques.

–¿Quieres que trabaje para ti?

–No me estás escuchando –Duarte se detuvo en un semáforo y, suspirando, se quitó las gafas de sol–. *Global Intruder* te pertenece pase lo que pase, pero espero que aceptes mis disculpas por no aclarar el asunto inmediatamente después de la boda.

Kate apartó la mirada, intentando proteger su corazón. Porque si lo miraba a los ojos acabaría por declararle su amor.

–Muy bien –murmuró, apretando el sobre contra su pecho como si fuera un escudo protector y preguntándose cómo podía haber hecho la transacción en tan poco tiempo–. Acepto la disculpa y la revista. Puedes marcharte con la conciencia tranquila.

Duarte aparcó unos metros después, las ventanillas tintadas del coche protegiéndolos de las miradas curiosas.

–No quiero marcharme –empezó a decir, mirándola a los ojos–. Te quiero a mi lado. Y no sólo hoy, sino para siempre si me aceptas.

Kate apartó la mirada, nerviosa. Sería tan fácil dejarse llevar… pero debía ser sensata.

Entonces vio la pulserita de lana dorada de la que colgaba la llave del coche. Era el regalo de Jennifer.

–Has conservado el llavero que te hizo mi hermana.

–Sí, claro.

Un llavero de lana en un deportivo que valía cientos de miles de dólares. Otra persona lo habría guardado en un cajón o lo habría tirado, pero Duarte…

Eso le abrió los ojos y, como si alguien hubiera quitado la tapa de una lente, lo vio. Vio a Duarte Medina de Moncastel por primera vez.

–Tú no distribuiste las fotografías. No querías vengarte de mí.

–No, yo no te traicioné –murmuró él–. Pero entiendo que te resulte difícil confiar en mí después de todo lo que ha pasado.

En sus ojos veía total sinceridad y el amor que sentía por él empezó a florecer de nuevo.

–Gracias… por todo. No sé cómo empezar a disculparme por haber pensado tan mal de ti.

Debía haber sido muy difícil para un hombre tan orgulloso como Duarte olvidar sus acusaciones e ir a buscarla. Pero lo compensaría por todo, se prometió a sí misma.

–Sé que tu padre no te dio razones para confiar en los hombres –empezó a decir él, apretando su mano–. Pero quiero que me des una oportunidad. Necesito tiempo para hacer que olvides el pasado, pero sobre todo te necesito a ti.

Ella asintió con la cabeza.

–Me gustaría hacerte una pregunta.

–Dime.

–¿Podemos pasar gran parte de ese tiempo haciendo el amor?

–Desde luego que sí –Duarte tiró de ella y la

besó, con la confianza de un hombre que sabía lo que excitaba a su amante.

Unos segundos después, Kate apoyaba la frente en su pecho.

—No puedo creer que hayas comprado la revista.

—Tenía que encontrar la forma de despedir a Harold Hough.

—¿Has despedido a Harold? —exclamó ella, sorprendida.

—Por supuesto. Él fue quien vendió las fotos.

—¿Harold?

—En ese sobre están las pruebas de que él es el responsable. Por lo visto, accedió a tu ordenador gracias a un virus que introdujo en uno de sus correos. Y después de… charlar un rato conmigo decidió que lo más prudente era marcharse discretamente y evitar una demanda judicial.

—¿Por qué no me lo habías contado antes?

—Tenía mis sospechas, pero necesitaba pruebas. No le perdono lo que te ha hecho a ti y a nuestra familia.

Nuestra familia.

Lo había dicho sin la menor vacilación y Kate entendió la importancia de esa frase.

—Quiero que me ayudes a buscar una casa.

Esa declaración la sorprendió aún más. Hablaba como un hombre dispuesto a echar raíces, a hacer las paces con el pasado.

—¿De verdad vas a dejar de vivir en hoteles?

—Estaba pensando en algo a las afueras de Boston, una casa grande con una bonita habitación para Jennifer —su acento se hizo más fuerte, como le pasaba siempre que estaba emocionado–. Te quiero, Kate. Y aunque estoy dispuesto a darte el tiempo que necesites para responder, yo no necesito más tiempo para estar absolutamente seguro.

–Duarte...

–Esto es tuyo –la interrumpió él, sacando el rubí del bolsillo de la chaqueta–. Aunque me digas que no, ninguna otra mujer lo llevará nunca. Siempre estará esperándote.

Emocionada por la belleza de esas palabras, Kate se quitó un guante y le ofreció su mano sin la menor vacilación. Y cuando Duarte le puso el anillo supo que no se lo quitaría nunca más.

–¿Te has fijado en el coche? –le preguntó él entonces, poniendo esa mano sobre su corazón.

–Sí, es un Jaguar clásico...

Qué lejos habían llegado desde aquella noche en Martha's Vineyard, pensó.

–Te dije que iría a buscarte en este coche durante nuestra primera cita. ¿Qué debíamos hacer después?

–Ir al Museo de Fotografía Contemporánea de Chicago.

–Y, antes de que protestes, recuerda que *Global Intruder* es tuya ahora, así que puedes tomarte unos días libres. Si te parece bien, me gustaría llevar a Jennifer. Y a tu gato. Al fin y al cabo el avión es mío y...

–No me des más detalles –lo interrumpió Kate, buscando sus labios–. Sí, confío en ti. Te confiaría a mi hermana, a mi gato, mi vida, mi corazón.

–Gracias –Duarte cerró los ojos un momento,

emocionado, y Kate juró demostrarle de todas las maneras posibles cuánto lo amaba.

Un segundo después, él le dio un beso en la frente.

—¿Nos vamos entonces?

Kate le echó los brazos al cuello.

—Iré contigo a Chicago y cuando volvamos buscaremos una casa a las afueras de Boston. Llevaré tu anillo, seré tu princesa, tu mujer y tu amiga durante el resto de nuestras vidas.

Epílogo

El viento sacudía el albornoz de Kate en el balcón de la suite de Duarte en Martha's Vineyard.

La luz del faro rompía la niebla, el ulular de la sirena cada veinte segundos para avisar a los barcos ahogando los sonidos de una fiesta de San Valentín en el primer piso.

Una mano la tomó por la muñeca, una mano fuerte, masculina.

Sonriendo, Kate se dio la vuelta. La mano de Duarte calentaba su piel por encima de la nueva pulserita que Jennifer le había hecho para celebrar su compromiso. El verdadero compromiso.

Duarte llevaba la chaqueta de kárate abierta, como la primera noche y, suspirando, Kate miró su bronceado torso, la fuerte columna de su cuello, la barbilla cuadrada que necesitaba un afeitado y esos ojos negros que había fotografiado tantas veces.

–No eres un ninja –bromeó.

–Y tú no eres una acróbata –el príncipe Duarte Medina de Moncastel no estaba sonriendo, pero le guiñó un ojo–. Deberíamos entrar, antes de que te quedes helada aquí fuera.

–La luna sobre el mar es tan bonita –murmuró Kate, besando la bronceada piel de su torso–. Vamos a quedarnos aquí un minuto más.

No habían parado mucho en las últimas semanas. Cuando volvieron de Chicago fueron a la isla para darle la noticia a su padre y Enrique anunció que pensaba ir a un hospital en Florida para consultar con un especialista.

Si lo hubiera pensado un poco habría sabido que la isla estaba en la costa de Florida, pero entonces estaba más preocupada por su relación con Duarte que por otra cosa. Además, tal vez no había querido saberlo porque saberlo implicaba un riesgo, no sólo para ella sino para la familia Medina de Moncastel.

Y ahora que era parte de la familia tenía una nueva perspectiva sobre el asunto. Sin duda, ser la jefa de prensa de los Medina de Moncastel sería un trabajo fascinante. Había convertido *Global Intruder* en *Global Communications* y pensaba tratar los artículos sobre la familia con el mayor de los respetos, como deberían tratarse todas las noticias.

Poniéndose de puntillas, Kate besó a su prometido, el orgulloso propietario de una mansión a las afueras de Boston, una casa con una preciosa habitación para Jennifer y para los hijos que tuvieran en el futuro.

–Te quiero, Duarte Medina de Moncastel.

–Y yo te quiero a ti –Duarte la tomó en brazos con la fuerza de un ninja.

Una fuerza y un honor con los que podría contar durante toda su vida.

Deseo

Un cambio de vida

MAUREEN CHILD

No había visto en su vida a Tula Ba-
rrons ni mucho menos se había acostado con ella. Sin embargo, Simon
Bradley, un hombre multimillonario,
aceptó que ella y su primo, un bebé
que ella afirmaba que era de Simon,
vivieran en su mansión hasta que tuviera pruebas de si él era el verdadero
padre.

Pero al vivir con Tula bajo el mismo
techo, Simon se enteró de algo ines-
perado: era la hija del hombre que
había estado a punto de arruinarlo.
La oportunidad era perfecta para vengarse. Seduciría a Tula y se quedaría
con el niño al que ella tanto quería.

*¿Perdería lo que más le importaba si tenía
éxito?*

Acepte 2 de nuestras mejores novelas de amor GRATIS

¡Y reciba un regalo sorpresa!

Oferta especial de tiempo limitado

Rellene el cupón y envíelo a

Harlequin Reader Service®
3010 Walden Ave.
P.O. Box 1867
Buffalo, N.Y. 14240-1867

¡Sí! Por favor, envíenme 2 novelas de amor de Harlequin (1 Bianca® y 1 Deseo®) gratis, más el regalo sorpresa. Luego remítanme 4 novelas nuevas todos los meses, las cuales recibiré mucho antes de que aparezcan en librerías, y factúrenme al bajo precio de $3,24 cada una, más $0,25 por envío e impuesto de ventas, si corresponde*. Este es el precio total, y es un ahorro de casi el 20% sobre el precio de portada. ¡Una oferta excelente! Entiendo que el hecho de aceptar estos libros y el regalo no me obliga en forma alguna a la compra de libros adicionales. Y también que puedo devolver cualquier envío y cancelar en cualquier momento. Aún si decido no comprar ningún otro libro de Harlequin, los 2 libros gratis y el regalo sorpresa son míos para siempre.

416 LBN DU7N

Nombre y apellido	(Por favor, letra de molde)

Dirección	Apartamento No.

Ciudad	Estado	Zona postal

Esta oferta se limita a un pedido por hogar y no está disponible para los subscriptores actuales de Deseo® y Bianca®.
*Los términos y precios quedan sujetos a cambios sin aviso previo.
Impuestos de ventas aplican en N.Y.

SPN-03   ©2003 Harlequin Enterprises Limited

Bianca™

Era la princesa de un país enemigo...

El príncipe Cristiano di
Savaré no tenía escrúpulos a
la hora de conseguir sus pro-
pósitos. Su objetivo del momento, Antonella Romanelli,
formaba parte de una dinas-
tía a la que él despreciaba...

Antonella se vio turbada
por el poderoso atractivo de
Cristiano. Sin embargo, no
se fiaba de él. Pero Cristiano
tenía un plan para lograr que
se sometiera a sus deseos. Si
para conseguirlo tenía que
acostarse con ella, su misión
sería aún más placentera...

El príncipe
y la princesa

Lynn Raye Harris

Deseo™

Engaño y amor

MAXINE SULLIVAN

El millonario playboy Adam Roth necesitaba una amante para librarse de las atenciones de la esposa de su mejor amigo. Por eso, cuando Jenna Branson se enfrentó a él exigiéndole que le devolviera a su hermano el dinero que los Roth le habían robado, Adam pensó que era la mujer perfecta para el papel. Él se ofreció a tener en cuenta su reclamación a cambio de que ella fingiera ser su amante. Pero una confrontación ineludible les obligó a elegir entre la lealtad a sus familias y la oportunidad de encontrar el amor verdadero.

¿Sería su juego de seducción sólo una tapadera?